쓸수록 선명해진다

EXPLORATORY WRITING

Exploratory Writing

내 안의 답을 찾아 종이 위로 꺼내는
탐험하는 글쓰기의 힘

쓸수록 선명해진다

앨리슨 존스 지음 | 진정성 옮김

Alison Jones

frontpage

흰 종이가 아이디어를 채워넣는 공간이 아니라 탐색하는 공간이라 생각해 보면 어떨까? 단순하지만 심오한 질문이다. 글을 쓰는 사람이라면 글쓰기가 사색을 위한 매우 효과적인 도구임을 안다. 이 책은 그 도구를 누구나 언제든지 이용할 수 있게 만들어준다. 그러니 읽자. 그리고 쓸 준비를 하자.

_다니엘 핑크(《뉴욕 타임스》 베스트셀러 작가, 《후회의 재발견》 저자)

앨리슨 존스는 이 책에서 거의 마법에 가까운 인지적 비밀을 밝혀낸다. 우리의 생각하는 능력이 보다 명확해지고 더 나아질 수 있다는 것이다. 비밀은 탐험쓰기다. 손쉽게 실천할 수 있으면서도 분명한 효과가 있는 탐험쓰기를 연습하기만 하면 된다.

_로버트 치알디니(애리조나주립대학교 심리마케팅학과 석좌교수,
《설득의 심리학》 저자)

글쓰기를 다룬 비범한 책. 생각하고 창작하는 방식을 확장해 주는 완벽한 도구상자다. 각양각색의 반짝이는 지혜로 가득해서 글쓰기를 시작하려는 이들부터 노련한 글솜씨를 지닌 이들에 이르기까지 누구나 교훈을 얻을 수 있다. 글 쓰는 사람을 위한 궁극적 가이드.

_조너선 맥도널드(변화 전문가, 《변화를 동력으로Powered by Change》 저자)

사고방식에 큰 변화를 불러올 수 있는 사람을 만날 기회는 흔치 않다. 앨리슨 존스는 그런 사람이다. 이 책에 담긴 메시지는 강력하고 효과적이다. 《쓸수록 선명해진다》에는 창의력에 불을 붙이는 전략, 도구, 마법이 들어 있다.

_크리스 그리피스(오픈지니어스 창업자, 《창의성 기르기》 저자)

앨리슨 존스의 《쓸수록 선명해진다》는 복잡하고 혼란스러우며 급변하는 오늘날, 글쓰기가 직장인에게 도움이 되는 이유를 생생하게 보여주는 보석 같은 책이다. 필기구를 이용하여 손으로 글을 쓰는 일의 가치와 장점을 알리는 한편 규칙적으로 짧은 시간을 할애해서 글을 써야 하는 이유가 무엇인지와 어떻게 해야 하는지를 실용적이고 실질적으로 보여준다. 이 책은 일뿐만 아니라 마음에도 긍정적 영향을 미친다.

_민터 다이얼(작가, 영화감독, 국제강연전문가)

과학적 연구결과, 독창적인 조언, 유머가 함께 섞인 멋진 책. 우리의 내면세계를 더 깊이 탐험해 외부세계를 긍정적으로 바꿀 수 있게끔 이끈다.

_몰리 벡(Messy.fm CEO, 《팔을 뻗어 Reach Out》 저자)

저자 앨리슨 존스는 탐험쓰기가 여러 이슈에 대한 생각을 자유로이 열어주는 새로운 방식임을 보여주고, 독자가 직접 실천해 보도록 이끈다. 나 역시 작가로서 겪게 마련인 슬럼프에서 벗어나려고 이 실용적인 탐험쓰기 훈련을 직접 해보았다. 즐겁고도 유용한 경험이었다.

_톰 슐러(《폴라의 법칙 The Paula Principle》 저자)

흰 종이를 보면 움츠러든다. 즐거움보다는 의무감이 찾아온다. 학생들이 "논문 쓰는 게 너무 기대돼"라고 말하는 대신 "논문을 안 쓸 수는 없잖아"라고 말하는 이유다. 파티에 초대받았던 사람이 "감사편지를 써야 되는데", 전업 작가가 "마감을 지켜야 해"라고 말하는 까닭도 마찬가지다. 흰 종이가 뇌의 마비 증상(작가의 슬럼프)을 유발할 수 있다는 사실을 감안하면 당연한 일이다. 그러나 저자 앨리슨 존스는 이 모든 생각을 정면 돌파한다. 이 책에서 존스는 흰 종이를 아이디어가 샘솟고 상상의 문을 열어주는 공간으로 탈바꿈시킨다. 저자의 모든 말에 공감하지는 않지만(그랬다면 무척 따분한 책이 되었을 것이다) 대부분 동의하며 처음부터 끝까지 재미있고, 신선하고, 독창적인 책이었다.

_로저 메이비티(기업인, 《피치》 저자)

영감을 주는 사람이 탄생시킨 영감을 주는 책. 현명한 지혜와 실용적인 조언이 가득하다. 직장생활뿐 아니라 인생 자체를 자신감 넘치고 확신에 차서 헤쳐나갈 수 있도록 해준다. 존스는 성장하고 배우고 우리의 길을 찾기 위한 필수적 수단으로써 글쓰기의 중요성을 보여준다.

_찰리 코벳(《평이한 말의 기술The Art of Plain Speaking》 저자)

주기적으로 읽어야 할 책이다. 존스는 탐험쓰기의 장점을 설득력 있게 보여주며, 무엇보다도 실용적이고 창의적인 지침을 일러준다. 이런 종류의 글쓰기를 처음 시도해 보거나 새로운 아이디어와 영감을 얻으려는 독자 모두 읽을 만한 책이다. 깔끔한 설명과 연습 가이드는 재미있고 통찰력이 가득하다. 강력 추천.

_펄리시티 드와이어(《연결 짓기Crafting Connection》 저자)

책으로 쓸 주제를 생각해 두기는 했지만 실제로 글을 쓰지는 않는 사람이 많다. 이 책에 담긴 흥미로운 접근법은 모두가 자유로운 탐험쓰기의 즐거움을 누리고, 책을 쓰는 첫발을 내디딜 수 있도록 이끈다.

_해리엇 켈솔(해리엇 켈솔 주얼리 창립의장, 영국홀마크위원회 비상임이사)

절대진리가 담겨 있기에 너무나 마음에 드는 책. 글을 쓰면 더 또렷하게 생각할 수 있다는 말은 진짜다.

_레이첼 브리지(《선데이 타임스》 기업전문편집자, 《부자들의 아이디어》 저자)

드디어 '지나친 분석에 의한 머리 마비 현상'을 해결할 책이 탄생했다. 곧장 시작할 수 있는 현실적 접근과 '하지만 이랬더라면 어땠을까'라는 생각에 맞설 강력한 이론으로 무장한 책이다. 흰 종이를 슬럼프의 늪이 아니라 기회의 장으로 보는 저자는 생각하는 방식 및 생각이 발목을 잡는 현상에 대해 살펴보고 글을 쓰지 않을 핑계를 모두 없애준다. 내가 가르치는 학생들과 일을 미루는 모든 사람들이 펜과 종이를 챙겨들고 읽어야 할 책.

_오드리 탕(심리학자,
《마음챙김을 위한 리더의 가이드The Leader's Guide to Mindfulness》 저자)

단순한 아이디어에서 시작해 엄청난 영향력을 발휘하는 책. 사람들은 차분하게 반응하기보다 감정적으로 대응하고, 이유를 모른 채 기분이 상하고, 남의 반응에 어리둥절하는 경우가 많다. 그러나 종이라는 안전한 공간에 머무르며 잠시 내면에서 어떤 일이 일어나는지 탐험해 보면 모든 것이 멋지게 변할 것이다.

_앨리스 셸던(니즈언더스탠딩 설립자)

글쓰기와 창의적이고 유쾌한 관계를 맺도록 돕는 매력적인 길잡이를 만났다. 남이 만든 콘텐츠를 소비하느라 바쁜 요즘, 이 책은 약간의 시간과 공간만 할애한다면 우리 또한 크리에이터가 될 수 있음을 보여준다. 에너지를 돋우는 재미있는 책.

_유리 브람(《통계적으로 생각하기》 저자)

상상력 넘치고 유쾌한 이 책에는 글쓰기를 활용하여 나 자신을 더 깊이 이해할 실용적인 방법이 담겨 있다. 생각이 뚜렷이 정리되지 않을 때, 탐험쓰기는 내 인생의 전문가가 되어 일상과 직장에서 마주치는 문제의 답을 찾도록 돕는다.

_메건 헤이즈(심리학자, 《행복을 부르는 지구 언어》 저자)

가장 강력한 아이디어는 가장 단순한 아이디어일 때가 많다. 저자는 나 자신을 표현하고 생각을 펼칠 안전한 공간이 절실한 오늘날, 흰 종이가 그런 공간이 되어준다는 사실을 일깨운다. 신선하면서도 일상과 직장에서 더 나은 삶을 살아갈 수 있도록 이끌어 주는 책.

_그렉 맥커운(THIS Inc. 대표, 《에센셜리즘》, 《최소 노력의 법칙》 저자)

저자 앨리슨 존스는 지혜롭고 따뜻하게 삶을 바꿔놓는 탐험쓰기의 마법을 우리에게 보여준다. 처음에는 창의력을 북돋고 글쓰기 습관을 갖도록 돕는 책처럼 보이지만, 다 읽고 나면 이 책의 진정한 목표는 나 자신, 일, 그리고 세상을 바라보는 방식을 바꾸는 것이라는 사실을 깨닫게 된다.

_트레버 트롤(MIT 철학 박사, 《12주 작가 수업》 저자)

남에게 설명할 수 없다면 제대로 이해한 것이 아니라는 말이 있다. 하물며 나 자신에게도 설명할 수 없다면 어떨까? 저자는 이 책을 통해 독자들에게 '세상의 모든 생각을 나 자신에게 설명할 힘'을 전해주었다. 단순하지만 멋진 슈퍼파워 그 자체다.

_톰 치즈라이트(응용미래학자,
《경영자로서 미래에 대비하기Future—proof Your Business》 저자)

불확실성을 마주할 때(요즘은 대부분의 사람들이 그런 처지에 놓여 있다) 글쓰기는 상황을 이해하고 개인적 성장을 도모하는 강력한 수단이다. 저자는 흰 종이에 담긴 '삶을 바꿔놓을 힘'을 활용하는 방법을 친절하게 보여준다.

_도리 클라크(듀크대학교 비즈니스스쿨 경영자과정 교수, 《롱 게임》 저자)

심오한 메시지가 담긴 실용적인 책. 불안하고 버거운 현대사회에서, 매일을 멍하게 살아가는 것이 아니라 삶의 목표를 갖고 성장하려면 단순한 작업이 실은 가장 효과적임을 일깨운다.

_사이먼 알렉산더 옹(《에너자이즈Energize》 저자)

큰 감동을 받았다. 내 삶에서 글쓰기의 역할에 대해 다시 생각하게 해준 정말 강력한 책이다.

_브루스 데이즐리, (트위터 유럽 지사 전 부사장, 《조이 오브 워크》 저자)

새내기 작가를 위한 경고: 이 책을 읽고 나면 글을 쓰지 않을 핑곗거리가 없어질 것이다.

_앤디 코프(자기계발 전문가, 《자체발광의 기술》 저자)

길에 대해 알려준 조지,
소소한 모험의 동반자 소르차,
그리고 가장 경이롭고 놀라운 탐험을 함께한 캐서린과 핀레이.
나의 동료탐험가인 이들에게 감사를 전하며.

일러두기

1. 이 책은 국립국어원의 표준어 규정 및 외래어 표기법을 따랐다. 일부 인명, 지명 등은 관용적 표현을 참고해 표기했다.

2. 괄호 안의 글 중 독자의 이해를 돕기 위해 옮긴이가 덧붙인 글은 '—옮긴이'로 표시했다. 이 표시가 없는 글은 저자의 글이다.

해답을 찾아 의문의 세계로 탐험을 떠나보자. 이 책의 저자 앨리슨 존스는 우리 눈앞에 글을 통해 탐험하는 법을 펼쳐 보인다. 매우 친절한 태도로 필수적인 배경지식은 물론 탐험의 첫발을 내딛는 법, 계속 앞으로 나아가는 다양하고 흥미로운 방법을 차근차근 알려준다. 저자가 말하는 '탐험쓰기exploratory writing'는 연필과 종이처럼 우리가 매일 사용하는 일상적인 도구만으로도 충분히 가능하다. 시간이 많이 걸리는 일도 아니다. 단 6분이면 된다. 우리는 모두 어려서부터 글을 읽고 써왔으니 이 과정이 놀랍도록 간단하게 느껴질 것이다. 과연 이 정도로 효과를 볼 수 있을까 싶을 만큼 말이다.

　이 책에서 저자가 소개하는 방식은 지극히 단순하지만 많은 가능성을 열어준다. 혼자서 고요히 글을 쓰다 보면 일상과 커리어를 또렷이 파악하고 진전시킬 수 있다. 깊이 숨어 있어서 쉽게 접근하지 못했던 생각과 기억의 상자가 열리기 때문이다. 그 과정에서 보종의 깨달음도 얻게 된다. 인생을 바꿔줄 놀라운 깨달음일 수도 있다. 전보다 넓고 깊은 세상을 탐험하다 보면 지금까지 얼마나 많은 것을 놓쳤는지 비로소 알게 된다. 마치 양쪽에 창문과 문이 나 있다는 것도 모른 채 평생을 컴컴한 복도에서 살아온 것과 비슷하다. 글쓰기는 창문을 가린 커튼을 걷고 자물쇠를 연 다음 바깥으로 몸을 내밀어 모험을 하도록 향기를 맡고, 소리를 듣고, 결을 만지고, 맛을 음미하고, 창틀을 기어올라 창밖으로 나가도록 해준다. 글쓰기야말로 우리 마음의 문을 열고 그 너머를 탐험하도록 이끄는 길잡이다.

탐험쓰기는 언제 어디서나 가능하기에 최고의 개인코치나 다름없다. 저자의 말대로 좋은 코치는 답을 알려주는 대신 문제를 이해하고 스스로 해결책을 찾아낼 수 있도록 의미 있는 질문을 던진다. 나만의 글쓰기코치가 있다면 언제나 해답을 찾을 수 있게끔 지도와 지지를 아끼지 않을 것이다. 그렇게 얻은 해답은 더 많은 질문, 탐험, 역동적인 해결책으로 이어진다. 덕분에 여러분의 동료와 고객도 새로운 세상에 눈뜨게 될 것이다.

"성공하는 사람들은 더 나은 질문을 품는다." 그리고 더 나은 질문을 품는 데 따르는 책임감을 기꺼이 진다. 성공하는 사람은 자신 및 자신을 움직이는 동기와 가치관에 깊은 의문을 제기한다. 성공하지 못하는 사람은 이 과정에서 심리적 압박감을 느낀다. 최고의 기량을 지닌 코치라면 자신에게 의문을 제기하는 것이야말로 더 나은 해답을 얻기 위한 유일한 길이라고 일러줄 것이다. 최고의 코치는 스스로에게 냉정해질 수 있도록 돕는 법이다.

이제 여러분도 탐험쓰기를 활용하면 지금까지 당연하게 여겼던 인생의 여러 문제를 직시하게 될 것이다. 타인의 관점에서 문제를 바라보며 상황을 명확하고 통찰력 있게 파악하고, 여태까지 진실이라 믿었던 억측을 재고하게 되는 것이다. 분노 등의 부정적 감정을 건설적인 에너지로 바꾸는 한편 나의 가치관에 더욱 충실하게 사는 법을 배우는 것은 덤이다. 우리가 품은 질문 자체에 의문을 제기하는 글쓰기에는 일의 바탕을 탐험하고 매일의 일상을 바꿔놓을 힘이 있다.

_질리 볼턴(《글쓰기 치료》 저자)

일과 삶을 위한 매일의 마법

가장 최근에 떠난 여행을 떠올려 보자. 그 여행에서 진짜 '탐험'이 차지했던 비중은 어느 정도인가?

대부분의 경우, 나를 포함한 많은 보통 사람이 하는 여행은 남극탐험 같이 대단한 것은 아니다. 출퇴근을 하고, 아이를 등하교시키고, 부모님과 친구들을 만나고, 그러다 때때로 연휴가 다가오면 가이드북과 내비게이션에 의지해서 새로운 곳으로 떠나는 정도다(이마저도 충분하지 않다). 우리의 세계를 그린 지도는 이미 완성되어 있는 것만 같다. 탐험을 떠날 공간도, 시간도 턱없이 부족하다.

그러나 때로는 무심코 길을 지나는 대신 소소한 탐험에 나서기도 한다. 나는 아침에 조깅을 하면서 새로운 길을 찾는 것을 즐기는 편이다. 어디로 이어질까 궁금해서 낯선 골목길로 접어들다 보면 뜻밖의 풍경을 마주하게 된다(공작새 새장, 이끼가 낀 조각상, 옛 교회당 건물…). 길이 서로 만나고 또 갈라지는 모양새도 신기하고, 익숙한 곳으로 향하는 새로운 경로를 찾는 것도 재미있는 일이다.

물론 안데스산맥에서 배낭여행을 하면 좋겠지만 그런 기회는 좀처럼 찾아오지 않는다. 그렇기에 더욱더 매일의 소소한 모험을 즐겨야 하지 않을까? 이는 머릿속으로 떠나는 정신적 모험에서도 마찬가지다. 나는 아이디어 회의와 전략워크숍 특유의 열띤 분위기를 좋아하지만, 매일 똑같은 사무실에 출근해서 그날그날의 업무를 처리해야 하는 것이 현실이다.

그러니 매일의 일상과 업무에 탐험가의 마음가짐을 적용해보자는 것이 이 책의 취지다. 하루에 몇 분만 투자하면 무료한 존재에서 진취적인 탐험가로 거듭날 수 있다.

굳이 그래야 할까 고개를 갸우뚱하는 독자를 위해 탐험가가 되어야 하는 이유 세 가지를 소개한다.

1. 무엇보다 삶이 재미있어진다. 이것만큼 좋은 이유가 있을까?
2. 세상이 너무나 빠른 속도로 변하고 있기에 기존 사고방식의 유효기간이 짧아졌다.
3. 사람은 본능적으로 눈앞의 사실이 아니라 보고 싶은 것을 보려는 경향을 가지고 있다. 그래서 때로는 나 자신과

주변 사람에게 도움이 되지 않는 선택을 하기도 하고, 최악의 경우에는 피해를 입히는 선택을 한다. 이는 곧 우리가 매일, 어쩌면 매시간, 눈앞에 있는 좋은 기회와 인사이트를 놓치고 있다는 뜻이다.

새로운 장소를 탐험할 때는 다른 사람의 여행에 동행해 그들이 세운 계획을 따라가는 경우가 많다(물론 나는 이 덕분에 호주의 오지를 발견하고 즐거운 시간을 보낼 수 있었다). 지적 탐험을 할 때에도 마찬가지다. 창의적으로 생각하고, 문제를 해결하고, 정서지능을 훈련하고, 비전을 그려보는 등의 일을 할 때도 방향을 잡아주고 과제를 쉽게 만들어주는 전문가의 조언을 따를 때가 많다. 물론 그것도 필요한 일이지만, 언젠가는 길잡이 역할을 해주던 사람들이 모두 떠나가고 홀로 남아 계속 일을 해나가야 하는 순간이 오기 마련이다.

좋은 소식은, 올바른 사고방식과 몇 가지 기술을 익히고 나면 이 책에서 소개할 탐험쓰기를 통해 원할 때마다 폭넓게 생각할 수 있고 아이디어가 샘솟는 창의적인 영역으로 들어갈 수 있다는 것이다. 탐험쓰기 습관은 세상에 나와 있는 모든 자기계발의 기술을 보완하는 역할을 해준다. 연습만 하면 언제 어디서나 필요할 때마다 혼자만의 워크숍을 열 수 있기 때문이다.

탐험쓰기와의 첫 만남

탐험쓰기에 대해 자세히 알아보기 전에 내가 어쩌다 우연히 탐험쓰기의 힘을 발견하게 되었는지 설명해야겠다.[1] 당시 나는 창업을 준비하기 위해 회사를 그만둔 상태여서 돈에 쪼들리고 있었다. 재정적 어려움에서 오는 스트레스가 상당해 제대로 잠들지 못하는 날이 이어졌다. 그러던 어느 날 밤, 한밤중에 식은땀을 흘리며 잠에서 깼다. 새벽 3시에 일어나 앉아 돈 걱정을 하고 있자니 인생이 금방이라도 나락으로 굴러떨어질 것 같았다. 심장이 미친 듯이 뛰었다. 목도 바싹 탔다. 눈앞이 어지러웠고 열이 오르면서 손이 땀에 젖어 끈끈해졌다. 머릿속에 떠오르는 이성적인 생각은 단 하나였다. '대체 내가 무슨 짓을 저지른 거지?'

소리만 지르지 않았을 뿐이지 공황상태에 빠진 나는 아무것도 할 수 없었다. 그래서 일단 머리에 떠오르는 행동을 했다. A4 용지 크기의 공책을 펴고 글을 써내려가기 시작한 것이다. 종이 위에 난장판이 펼쳐지고 아우성이 나부꼈다. 그러다가 내 몸에서 일어나는 일에 대해 쓰기 시작했다. 공황이 어떤 느낌인지, 몸의 어떤 부위로 찾아오는지 적었다. 그러는 동안 몸 상태가 바뀌는 것이 느껴졌다. 생각은 종이를 스치는 펜의 속도만큼 느려졌고, 호흡도 정상으로 돌아왔으며, 나는 이내 중심을 찾고 차분해졌다. 솔직히 그것만으로도 다행스러운 일이었다.

그런데 계속 글을 써나가는 동안 더욱 놀라운 일이 일어났다. 아이디어가 떠오른 것이다. 나도 모르게 다음과 같이 썼다. "만약 내가…" 그리고 몇 분 뒤, 거짓말처럼 새로운 프로그램의 윤곽이 완성되었다. 그로부터 2주일 뒤 나는 그 프로그램을 론칭했고, 덕분에 재정적인 문제를 해결할 수 있었다.

단 5분 동안 엉망진창이고 날것 그대로인 글을 썼을 뿐인데 넘쳐흐르는 불안감의 방향을 돌려 내 안에 숨겨져 있던 아이디어와 지혜에 다다를 수 있었다. 그러자 질문 하나가 고개를 들었다. '아니, 방금 무슨 일이 일어난 거지?'

그 순간 나는 '탐험쓰기', 그러니까 다른 누군가가 아니라 나 자신을 위한 글쓰기의 힘을 발견했다. 무엇을 쓰고 싶은지도 모르는 채 글을 써나가는 경험. 모든 것은 단순히 내 생각을 종이 위에 옮겨놓는 데서 시작되었지만, 그 과정에서 마음속 어딘가에 숨어 있던 아이디어와 지혜가 쏟아져 나왔다. 덕분에 혼란스럽던 머릿속이 정리되고 상황에 대처할 방안을 떠올릴 수 있었다.

그 뒤로 몇 주 동안, 불확실한 상황이 펼쳐지거나 불안할 때 또는 문제에 대한 답이 보이지 않을 때마다 앉아서 글을 써보았다. 효과는 확실했다. 실험은 매번 성공적이었다. 마치 《해리 포터》 시리즈에 나오는 '필요의 방'을 찾은 것 같은 기분이었다. 절체절명의 순간에 간절히 바라는 물건으로 가득 차는 마법의 방, 대부분의 사람들이 그 존재조차 모르는 방 말이다.

그러나 소설 속의 해리도 곧 깨달았듯이 내가 어떤 사실을 몰랐다 해서 다른 사람도 모르리란 법은 없다. 나 또한 글쓰기교사, 상담사, 심리학자, 교육전문가 등 다양한 배경을 지닌 많은 사람들이 탐험쓰기를 우연히 발견했다는 사실을 알게 되었다. 하지만 일과 관련한 분야에 이 방법을 적용하는 사람은 드물었다.

이 책은 바로 그 빈틈을 메우기 위해 쓰였다. 리더나 기업인뿐만 아니라 회사에 다니는 누구에게나 탐험쓰기는 가장 유연하고도 다루기 쉬운 도구가 되어줄 것이다. 센스메이킹sensemaking(예상치 못하거나 불확실성이 높은 상황에 의미를 부여하고 이해하는 과정—옮긴이), 창의력 발휘, 협동, 스트레스 및 업무 과중 상황 관리, 효과적인 소통을 위한 도구를 손에 쥐게 되는 것이다.

나는 의도적으로 매일의 생활과 일에 이 책의 초점을 맞추었다(혹시 트라우마나 정신질환에 대처할 방법을 찾는 독자가 있다면, 책 말미에 실은 '참고도서'에 해당 분야의 전문가가 쓴 책들을 소개해 두었으니 참고하길 바란다). 일상의 좌절과 씨름하고 있는 독자에게 이 책은 최고의 동반자가 되어줄 것이다. 하얀 종이 위에 펼쳐지는 무한한 자유와 가능성, 결말을 모르는 문장을 쓰기 시작할 때의 들뜬 기분, 아무도 보고 있지 않기에 뭐든 마음대로 쓸 때 찾아오는 약간은 반항적이고 창의적인 쾌감을 이 책과 함께 맘껏 누리길 바란다.

탐험쓰기의 힘을 처음 발견한 뒤로 나는 이것을 다른 사람들에게 보다 쉽게 알려주기 위해 구체적인 방안과 도구로 이루어진 방법론을 개발했다. 하지만 탐험쓰기는 본디 잘 닦인 길에서 벗어나 숲속과 들판을 달려가는 오프로드 모험이다. 어떻게 할 것인가는 전적으로 여러분에게 달려 있다. 마음 가는 대로 해보고, 무엇이 나와 잘 맞는지 찾아낸 다음 즐겁게 써보자. 현대를 살아가는 우리들이 매뉴얼을 무시할 기회는 그리 많지 않으니, 이번에야말로 자유를 만끽해 보자.

해리 포터가 위협에 맞서기 위해 학교 친구들에게 고급마법을 가르친 곳이 바로 '필요의 방'이었다. 여러분은 마법지팡이 대신 연필이나 볼펜을 들고 있겠지만, 그 힘은 마법지팡이와 똑같이 위력적이다. 현대인은 온갖 어려운 문제를 마주한다. 몸을 짓누르는 스트레스, 산란해서 도무지 집중할 수 없는 정신, '내가 잘 해낼 수 있을까' 하는 회의감, 근거 없는 무모한 자신감, 남과 나 자신에게 공감하는 능력의 부족, 다른 사람의 관점을 이해하거나 상황을 다른 관점에서 해석하지 못하는 것 등이 그 예시들이다. 여러분이 손에 쥔 연필은 마치 마법지팡이처럼 이런 문제를 해결할 방법을 만들어낼 것이다.

어찌 보면 대담하기 짝이 없는 주장이다. 이어지는 글에서 이 주장을 뒷받침하기 위해 최선을 다했다. 물론 내 마음이 어떤지 모를 때면 글을 쓰기만 해도 새로운 사실을 발견할 수 있다는 것을 깨닫고 여기서 책을 덮은 다음 매일의 일상에 적용해 나가도 무방하다. 나는 그걸로 족하다(하지만 이어지는 내용은 여러분에게 많은 도움이 될 테니 계속 읽어보길 바란다).

이제 탐험쓰기가 불러올 일상의 마법을 좀 더 가까이에서 들여다볼 시간이다. 지금까지 사람들은 탐험쓰기를 어떻게 활용

해 왔을까? 글쓰기가 효과적인 이유는 뭘까? 그리고 탐험쓰기를
어떻게 활용하면 집과 일터에서 더 나은 삶을 만들어갈 수 있을
까?

　　탐험의 방이여… 열려라, 참깨!

차례

3부
더 멀리 나아가기

Exploratory Writing

1부

탐험쓰기의 발견

1부에서는 앞으로 탐험할 지형을 전반적으로 살펴본다.

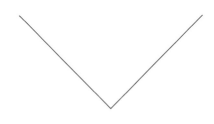

1장

종이의 (재)발견

"뭔가 참신한 느낌이 없죠? 글 쓴 세월이 몇 년인데….."

일을 하다 보면 글 쓸 일이 꽤 많다. 이메일, 보고서, 개요서, 블로그 포스트, 운영매뉴얼, 광고문안, 메모 등등…. 모두 타인에게 정보를 전달하거나 설득하려는 의도가 담겨 있다. 어떻게 보면 무대에 서서 연기를 하는 것과 비슷하다.

하지만 이제 글쓰기를 다른 시각에서 바라보았으면 한다. 흰 종이를 연극 무대가 아닌 미지의 땅이라 생각하자. 내가 아는 것을 전부 보여주는 곳이 아니라, 모르는 것을 탐색할 기회의 장으로 보는 것이다. 지난 2016년 내가 〈대단한 비즈니스 북클럽^{The}

Extraordinary Business Book Club)이라는 팟캐스트를 시작한 이유는 경제경영서의 집필 과정에 관해 알아보기 위해서였다(솔직히 말해 구독자뿐 아니라 나 자신을 위해서 하는 일이기도 했다). 이후 베스트셀러 작가 수백 명을 만나 이야기를 나누면서 훌륭한 책을 쓰는 방법, 마케팅을 하고 책을 활용하는 방법에 관한 실용적인 조언을 잔뜩 얻었다. 그리고 이 과정에서 의외의 사실을 발견하게 되었다. 거의 모든 작가가 누군가와 소통하기보다는 주로 자신의 생각을 정리하려고 글을 쓴다는 점이었다.

《비즈니스의 재구성Business Reimagined》의 저자이자 마이크로소프트 영국 지사의 CEO였던 데이브 코플린Dave Coplin은 이렇게 설명했다.

"제 경우 뭔가를 만들어내고, 바꾸고, 생각을 전환하고 싶을 때면 글쓰기가 엉킨 실을 풀 열쇠가 되어 주었어요. 글을 쓰면 명쾌하고 정확한 생각을 할 수 있게 되죠. 실천에 옮기고 일의 진행에 박차를 가하도록 생각이 정리되는 겁니다."

《후회의 재발견》, 《드라이브》 등 〈뉴욕 타임스〉 베스트셀러를 여럿 써낸 작가 다니엘 핑크도 비슷한 말을 했다.

"글쓰기는 뭔가를 이해해 나가는 한 방법입니다. 특히 제게는 꼭 필요한 과정이에요. 누군가가 '이 건에 대해 어떻게 생각해요?'라고 묻는다면 저는 이렇게 대답할 것 같습니다. '잘 모르겠군요. 아직 그 문제에 관해 글을 써보질 않아서'라고요."

글쓰기코치로도 활동 중인 《내가 글이 된다면》의 저자 캐시 렌첸브링크의 생각을 들어볼까? "글을 쓰면 어떤 주제에 관한 내 생각과 감정이 어떤지 오랜 시간에 걸쳐 정리해 볼 수 있는 여유가 생깁니다. 남에게 설익은 의견을 비치거나 전달해야 하는 상황이 닥치기 전에 말이죠."

한 발 더 나아가, 생각을 명확하게 정리하는 데 그치지 않고 아직 말의 형태를 띠지 못한 생각, 감상, 감각의 모호한 영역에 들어가려고 글쓰기를 활용하는 저자도 있었다. 《내면의 공간The Space Within》의 작가이자 글쓰기코치인 마이클 닐Michael Neill의 표현은 가히 시적이다.

"글쓰기는 무형의 것에서 형태를 빚어내고 곡조에 가사를 붙이도록 해준다. 그러고 나면 노래가 생겨난다. 일상에 글을 붙이면 삶을 볼 수 있게 된다. 그러면 재빨리 글을 잊고 삶으로 되돌아간다. 다시 돌아간 삶은 글로 썼기에 더 풍요로워져 있다."

보다시피 많은 저자가 글쓰기를 소통뿐 아니라 생각을 정리하는 수단으로 활용하고 있다. 과연 올바른 전략일까? 이제 마법 뒤에 숨겨진 과학을 살펴볼 시간이다. 탐험쓰기를 할 때 머릿속에서는 어떤 일이 일어날까?

2장

쓰기의 마법 뒤에 숨겨진
뇌과학

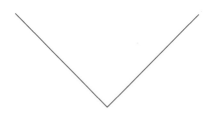

탐험쓰기가 왜 효과적인지, 왜 시간과 에너지를 쏟을 가치가 있는지 이해하려면 신경학을 잠깐 들여다보아야 한다. 신경학을 통해 두뇌가 어떻게 작동하는지 이해하면 탐험쓰기의 장점을 십분 활용하고 단점은 줄일 방법을 찾을 수 있기 때문이다.

네 가지 신경학적 측면에서 탐험쓰기는 일과 삶을 효율적으로 꾸리는 데 큰 도움을 준다.

+ 탐험쓰기는 중요한 작업에 집중하는 것을 방해하지 않으면서 뇌의 용량을 늘려주는 외장하드의 역할을 한다.

+ 탐험쓰기 과정을 통해 뇌의 다양한 반응영역을 서로 잇고 조율할 수 있다.

+ 의문을 품는 것이 뛰어난 결과로 이어지는 뇌의 신비한 특성에서 보듯, 탐험쓰기를 하면 본능적으로 생각이 정리된다.

+ 탐험쓰기를 하면 뇌의 비밀병기인 스토리텔링 능력을 센스메이킹에 활용할 수 있다.

뇌의 외부 저장소

글쓰기의 여러 신경학적 특성 중에서 저장성은 글쓰기의 존재 이유와 직결되어 있다. 최초의 글쓰기는 뇌의 용량을 확장하기 위한 외장하드의 역할을 했기 때문이다.

사람의 뇌는 극도로 정교한 시스템을 자랑한다. 융통성 있고, 창의적이며, 인류가 현재 만들 수 있는 그 어떤 최첨단기술보다 훨씬 발달해 있다. 그러나 나름의 한계가 있다. 충격이나 노화, 죽음에 취약하고 무엇보다도 저장용량이 제한적이라는 것이다 (의견은 분분하지만 연구에 따르면 뇌의 작업기억은 3~5가지의 주제만 처리할 수 있다고 한다).

그러나 언어, 특히 글쓰기 덕분에 인류는 이런 제약을 극복하고 세상을 호령할 수 있게 되었다. 인류는 기록하는 법을 발견한 순간 뇌의 한계를 초월했다. 복잡한 수학 계산을 하고, 법률체계를 만들고, 가족 단위를 넘어 대규모 집단생활을 하면서 사회를 꾸려 도시를 건설하고 전쟁을 벌이거나 무역을 하는 등 다양한 활동을 펼치게 된 것이다.

유발 하라리가 《사피엔스》에서 썼듯이 일단 문자 정보가 축적되기 시작하면 정보를 관리할 방법을 신속하게 개발해야 한다. 필요한 정보를 때맞추어 찾을 수 있게끔 분류하고 색인을 만들어 저장할 체계가 없으면 그 정보는 있으나 마나 하기 때문이다.

우리 뇌의 검색시스템은 도서관의 사서가 참고할 만한 것은 못 된다. 뇌 안은 그야말로 자유분방하기 때문이다. 하라리는 절로 고개가 끄덕여지는 예를 들었다.

뇌 안에서 모든 정보는 자유롭게 얽히고설킨다. 배우자와 함께 새 집의 대출을 받으러 갈 때 나는 우리가 처음 함께 살았던 집을 떠올렸다. 그러면 뉴올리언스로 떠났던 신혼여행이 떠오르고, 악어가 떠오르고, 용이 떠오르고, 이어 오페라 〈니벨룽의 반지〉가 떠오른다. 그러다 보면 야릇한 표정을 짓고 있는 은행원 앞에서 나도 모르게 〈지크프리트〉의 악절을 흥얼거리는 나 자신을 발견하게 된다.

관료적 체제에서는 모든 것이 분리되어 있어야 한다. 주택담보대출 자료를 넣어두는 서랍 하나, 결혼증서를 넣어둔 서랍 하나, 세금신고 자료가 든 서랍 하나, 소송 자료가 든 서랍이 하나 있는 식이다. 이런 서랍이 없으면 아무것도 찾아낼 수 없기 때문이다.[1]

다른 사람도 쉽게 정보를 찾을 수 있도록 하려면 칸칸이 나뉘어 있고 찾기 쉽게 표시한 서랍장이 필요하다(사실 정보를 보관한 뒤 몇 달 정도 시간이 흘렀다면 우리 자신도 그런 서랍장이 필요할 것이다).

사람들은 타인이 이해할 수 있는 방식으로 글을 쓰는 데 익숙하기 때문에 자동적으로 자신이 속한 문화권에서 정해둔 규칙에 따라 글을 써나간다. 주제에서 벗어나지 않고, 생각에 제목과 부제목을 달아 표시하고, '~를 뚜렷이 보여준다'라거나 '그럼에도 불구하고' 등 글을 이해하는 데 도움이 되는 표현을 넣는다. 간간이 펜을 멈추고 논리가 어색하지는 않은지, 독자가 이해하는 데 어려움은 없는지 살핀다. 호기심을 자극하는 샛길이 나타나도 발을 들이지 않는다. 독자를 혼란스럽게 할 테니까.

인간의 두개골은 경계선을 형성한다. 그 안에는 자유로이 연결된 생각의 덩어리가 들어 있다. 우리는 그 생각을 남에게 전달하기 위해 밖으로 꺼내면서, 생각을 구획하고 논리적인 연결을 만들어낸다.

탐험쓰기는 이 안과 밖이 어우러진 흥미로운 인터페이스를 보여준다. 형태도 없고 눈에 보이지도 않는 머릿속의 인지적 무정부상태를 바깥세상으로 끌어낸다. 차근차근 살펴볼 수 있도록 안전하고 사적인 공간으로 이끄는 것이다. 탐험쓰기는 '말로 풀어내기 전의 생각'과 '궁극적으로 남에게 전하는 말' 사이의 귀중한 중간정거장 역할을 한다.

극적으로 비유하자면 탐험쓰기는 무의식의 우편물 보관실

에서 마구잡이로 보내온 생각들을 이성적인 우편물 담당자가 정리할 수 있게끔 모아두는 미결서류함과 비슷하다(단, 이 미결서류함은 일반적인 서랍보다는 배양접시와 비슷하다. 여기 담긴 생각은 스스로 성장하거나 새롭고 흥미로운 방식으로 융합되기 때문이다. 가끔은 담아둔 생각이 너무 약해서 살아남지 못하고 조용히 생을 마감하기도 하는데, 그래도 큰 문제는 없다).

요즘 세상에는 이런 문제를 해결할 최첨단 솔루션이 차고 넘치지 않느냐고 생각하는 독자도 있을 것이다. 틀린 말은 아니다. 사실 요즘은 두뇌활동을 보조할 외부 저장장치나 검색시스템이 다양하게 개발되어 있고, 모두 케케묵은 미결서류함보다는 훨씬 스마트하다. 현대인들은 첨단기술을 활용해서 인지적 역량을 보완한다. 온라인 달력, 할 일 목록, 스마트 비서 앱을 동원해서 일정을 관리한다. 정보를 기억하기보다는 그때그때 검색해서 알아보는 편을 택한다. 세련된 실시간 소통수단을 이용해서 남들과 협업한다. 이런 최첨단 도구는 모두 사람의 사고와 심리적 처리 과정을 촉진하고 지원하기 위해 개발되었다. 지금으로부터 수천 년 전, 그와 같은 목적을 달성하기 위해 글쓰기가 개발되었던 것과 마찬가지로.

글쓰기와 첨단기술의 차이점은 하나뿐이다. 전자기기의 화면은 종이와 달리 우리에게 불리하게 작용한다는 것이다. 반짝이는 새로운 전자기기들은 사람들에게 도움을 주는 동시에 훼방을 놓는다. 온라인 달력이나 업무용 메신저의 온갖 알림 소리는 칼 뉴포트가 '딥 워크^{deep work}'라 이름 붙인 것을 방해한다. 즉, 진정하고자 하는 일에 집중하지 못하도록 우리를 가로막는 것이다. 온갖 신기술의 개발목적이 일을 제대로 처리하기 위함이라는 걸 생각하면 아이러니한 일이다.[2]

구태여 알림 소리가 울리지 않더라도, 요즘 사람들은 누구나 한 시간에 몇 번씩 스마트폰을 확인하며 스스로를 방해하는 뛰어난 역량을 지니고 있다. 중요한 주제인 만큼 이후 좀 더 자세히 설명하겠지만, 일단 여기서는 '쓰기'라는 긴 역사를 지닌 행위가 '첨단기술'이라는 혁신적이고 멋들어진 라이벌보다 더 이롭다는 사실을 인지하는 정도로 넘어가도록 하자.

글쓰기는 외장하드의 모든 장점을 지니고 있으면서도, 수익을 올리기 위해 온종일 내 관심을 끌려고 애쓰는 첨단기기나 앱의 단점은 전혀 없다.

영역 간의 상호작용

사람들은 뇌가 하나의 융합된 개체인 것처럼 여기지만 실은 그렇지 않다. 정신과 전문의 스티브 피터스는 저서 《침프 패러독스》[3]에서 뇌의 주요 영역을 세 가지로 간략하게 나누어 설명했다.

1. 인간: 전두엽 부위다. 의식적이며 호기심을 느끼고 이성

적이다. 게다가 공감능력이 있고 의미와 목표를 추구한
다. 사람들은 이 부분이 항상 자신의 행동을 제어한다고
믿곤 한다.

2. 침프^{chimp}: 비교적 원시적인 변연계 부위다. 감정과 본능
   에 따라 움직인다. 반응적이고 욕심 많으며 게으르다. '인
   간' 부위보다 훨씬 빠르게 행동할 수 있다.

3. 컴퓨터: 두정엽 부위다. 우리가 살아온 경험 속에서 위의
   두 체계가 상호작용하며 형성한 생각과 행동을 저장하는
   공간이다. 인간과 침프 모두가 접속할 수 있으며, 습관을
   통해 의도적으로 프로그래밍하면 더 바람직한 삶을 사는
   데 도움이 된다.

위의 내용을 종합해 보면 우리가 처음 떠올리는 생각이 가
장 이로운 생각은 아니라는 사실을 알게 된다. 감정적으로 대응
하고 두려움, 분노, 부끄러움 등의 부정적 신호에 과민하게 반응
하는 '침프(침팬지의 동의어—옮긴이)'는 대개 '인간'보다 더 빨리 반
응하기 때문이다. 물론 '인간'이 개입해서 변연계의 반응을 통제
하는 것은 가능하지만, 그러려면 시간과 노력이 들고 문제는 이
미 벌어진 뒤인 경우가 많다.
    머릿속의 침프는 종종 부정적인 말을 늘어놓아서 우리를 망

친다. 위협을 받았다고 느끼면 비난하고, 두려울 때는 과제를 제대로 해낼 수 없을 거라며 몰아가고, 중요한 할 일이 있을 때는 미루고, 스트레스를 받으면 일을 그르치고 마는 것이다. 머릿속의 침프, 그리고 그와 함께 찾아오는 두려움과 부정적인 생각을 없앨 도리는 없다. 하지만 다행히도 침프를 다루는 법은 배울 수 있다.

신경학적 관점에서 볼 때 탐험쓰기는 뇌의 변연계 영역(침프)과 이성적 영역(인간) 사이를 잇는 연결고리를 만들어준다. 그렇기 때문에 탐험쓰기를 하면 극도의 불안에 시달리는 상태에서 올바른 판단을 내릴 수 있는 상태로 바뀌는 것이다. 수년 전 어느 날 밤 새벽 3시, 나는 그 사실을 몸소 경험했다. 글을 쓰는 사이 나는 투쟁-도피 반응fight-or-flight response에서 벗어나 생산적이고, 차분하고, 창의력이 샘솟는 상태로 변할 수 있었다.

《그릿》의 저자 앤절라 더크워스는 뇌 영역 간의 상호작용에 관해 흥미로운 의견을 내놓은 바 있다. 신경과학자 스티브 마이어Steve Maier와 나눈 대화록에서 더크워스는 '희망'의 신경생물학적 특성에 관해 설명해 달라고 청했다.

스티브는 잠시 생각하더니 이렇게 말했다. "몇 문장으로 정리해 볼까요? 뇌에는 편도처럼 기피하고픈 경험에 반응하는 많은 영역이 있습니다. 이런 변연계 구조는 전전두피질과 같은 고차원적인 뇌 영역이 통제합니다. 따라서 '잠깐만, 나 이거 어떻게 해볼 수 있을 것 같은데!'라거나 '생각보다 나쁘지 않은걸!'이라는 판단, 생각, 확신이 들 때에는 대뇌피질의 억제구조가 행동을 개시합니다. 메시지를 보내죠. '진정해! 지나치게 활성화되지 말라고. 손쓸 방법이 있으니까.'"[4]

글을 쓰면 생각만 할 때와는 달리 고차원적 뇌 영역이 활동할 시공간적 여유를 확보할 수 있다. 패닉에 빠진 침프를 통제하고, 희망차고 행복한 사람이 될 수 있는 것이다.

본능적 정교화

"독자 여러분, 어제 점심에 뭐 먹었어요?"

몇 나노초(10억 분의 1초—옮긴이) 동안, 여러분은 책 읽는 것을 멈췄을 것이다. 질문이 방금 여러분의 뇌를 장악했기 때문이다. 어제 점심에 뭘 먹었는지 기억을 더듬느라 삶의 작은 조각을 낭비한 것이다. 왜 이런 일이 벌어지는 걸까? 바로 '본능적 정교화 instinctive elaboration'라 불리는 신기한 정신적 반사현상 때문이다.[5]

뇌는 일단 질문을 받으면 답을 떠올리게 되어 있다. 좋은 질문이든 아무 의미도 없는 나쁜 질문이든 상관없다. 본능적 정교화 반사는 질문이 어떤 부류에 속하든 가리지 않기 때문이다. 사람은 무의식적으로 계속 스스로에게 질문을 던진다. 탐험쓰기는 이런 질문을 가시화해서 더 현명한 질문을 할 수 있도록 도와준다. 이는 생각보다 무척 중요한 문제다. 바보 같은 질문을 던지면 대개 바보 같은 답이 돌아오는 법이기 때문이다.

예컨대 '나는 왜 이렇게 정리를 못하지?'라고 자문하면 인생에 별반 도움이 되지 않는 수많은 답이 떠오를 것이다. 하지만 질문을 똑똑하게 바꾸어 '정돈된 삶을 살기 위해 내가 오늘 실천할 수 있는 한 가지 일은 무엇일까?'라고 자문한다면 괜찮은 결과를 얻을 수 있다. 이런 원리는 탐험쓰기의 근간을 이룬다. 생각이 의미 없이 머릿속을 맴돌 때, 일단 괜찮은 질문을 적으면 본능적으로 탐험쓰기를 시작할 수 있다.

나는 스프링어스패니얼과 보더콜리의 혈통을 물려받은 강아지 소르차를 기르고 있다. 소르차는 쉽게 산만해지는 성격인데, 언젠가 사냥개 훈련 프로그램에 데려간 적이 있다. 프로그램 중에는 회수훈련이 있었다. 훈련사는 멀찍이 서서 소르차가 가져와야 하는 인형을 손에 들고 있다가 풀밭에 떨어뜨렸다. 내가 할 일은 소르차 옆에서 쭈그리고 있다가 팔을 뻗어 인형이 있는 방향을 가리키는 것이었다. 소르차가 인형 쪽을 보았을 때, "가서 가져와!"라는 말과 함께 놓아 주었더니 녀석은 그 지점으로 곧장 달려갔다(물론 인형을 다시 가져오는 데까지는 좀 더 시간이 걸렸지만 여기서 드는 비유와는 관계없는 부분이니 눈감아 주기로 하자). 중요한 것은 의식적으로 올바른 질문을 골라 종이 위쪽에 써두면 소르차를 이끄는 나와 비슷한 역할을 한다는 사실이다. 좋은 질문은 쉽게 산만해지는 뇌의 방향을 조정하고, 유용한 답이 있는 곳으로 달려가도록 해준다.

이야기하는 두뇌

사람은 자신에게 던지는 의문과 마찬가지로 머릿속으로 되뇌는 이야기도 의식하지 못하는 경우가 많다. '이야기'라 하면 흔히들 소설가나 드라마 작가의 영역으로 생각하는 경우가 많지만, 근본적인 차원에서 보면 사람은 누구나 타고난 이야기꾼이다. 경험을 처리하고 의미를 구성하는 유일한 방법은 의식적으로든 무의식적으로든 이야기를 만드는 것이기 때문이다. 사람들은 아침에 일어나서 밤에 잠들 때까지 스스로에게 이야기를 들려준다. 때때로 이야기는 잠든 뒤까지 이어진다. 뇌는 이야기라는 형식에 따라 세상을 이해하도록 만들어져 있기에, 잠자는 도중에도 그 과정을 이어가는 것이다. '꿈'이란 곧 뇌가 비자발적으로 하는 이야기이다.

지금 여러분의 뇌는 이 책을 읽고 (바라건대) 내 주장을 따라가고 있다. 그러나 잠시 책을 내려놓고 커피를 한잔하면, 뇌는 곧 평소의 모드로 돌아가 여러분에게 별 의미 없는 이야기를 끝없이 들려줄 것이다. 이처럼 별달리 할 일이 없으면 '자서전을 써내려가는 자아'가 나를 관장하게 된다.[6]

사람은 이야기를 통해 인생에서 겪는 일을 연습하고 또 학습한다. 이야기를 활용하면 머릿속에 복잡한 신경통로가 형성되어 더 많은 정보를 저장할 수 있다(1969년에 진행된 어느 연구에 따르면 단순한 목록이 아니라 이야기의 형식으로 정보를 접할 때 장기 기억력이 7배까지 높아졌다고 한다).[7] 이야기는 우리가 세상을 탐색할 수 있도록 도와주는 지도이며, 이야기가 없다면 우리는 제대로 움직일 수 없다.

그러나 우리가 스스로 만들어낸 이야기를 믿고 현실과 혼동하기 시작하면 문제가 생긴다. 사람은 본디 세상에서 일정한 규칙과 확실성을 찾고 싶어 한다. 감정적 뇌가 결정을 내리면, 이성적 뇌는 그 결정을 논리적으로 합리화하기 위해 득달같이 달려와서 그에 맞는 이야기를 만들고 거기에 '사실'이라는 이름을 붙인다.

물고기에 관한 오래된 농담이 있다.

어린 물고기 두 마리가 헤엄치다가 반대 방향으로 가는 나이든 물고기를 만났다. 나이든 물고기가 인사를 건넸다. "얘들아, 안녕. 오늘 물은 좀 어떠니?" 나이든 물고기가 지나간 뒤 어린 물고기 한 마리가 친구를 바라보며 말했다. "대체 '물'이란 게 뭐지?"[8]

우리는 계속 수다스럽게 이야기를 늘어놓는 뇌와 더불어 흘러가는 생각 속에서 살아간다. 생각이야말로 우리의 물이다. 우리는 대부분 뇌가 들려주는 이야기의 존재를 알아차리지 못하지만, 일단 알아차리면 그것을 '사실'로 받아들인다. '이게 지금 일어나는 일이야', '세상은 이렇게 생긴 곳이야'라고 스스로에게 말하는 것이다.

우리와 세상을 연결하는 유일한 통로는 지각과 생각이다. 두 사람에게 하나의 일에 대해 물어보면 두 가지의 다른 이야기가 나올 것이다. 이런 경우에는 이야기에서 '비교적 사실에 가까운 부분'을 파악하는 관찰자가 되어 왜 이들이 각기 다른 답을 내놓았는지 이해할 수 있다. 하지만 나 자신의 경험에 대해서는 객관적인 관찰자가 될 수 없다. 그러나 탐험쓰기를 하면 물 밖으로 잠깐 나와서 생각과 지각을 반추하고 그 정체를 파악할 수 있다. 세상을 이해하는 또 하나의 통로가 생기는 것이다. 마이클 닐이 말했듯 "사람은 현실을 경험한다고 생각하지만 실은 자신의 생각을 경험한다."[9]

또한 탐험쓰기는 머릿속의 이야기를 볼 수 있도록 해준다. 이것은 그 이야기가 우리에게 도움이 되는지 아닌지를 판단하기 위한 첫 단계다. 그런 다음에는 다른 가능성과 선택지를 보여주는 새로운 이야기를 떠올릴 수도 있을 것이다. 소설가가 상상 속의 세계를 그려내듯 누구나 종이 위에 자신의 새로운 미래를 써나갈 수 있다. 종이에 글을 쓰는 단순한 행동만으로도 나의 마음 상태, 나아가 내 역량을 바꿀 수 있는 것이다.

여기서 글쓰기와 신경학에 대한 내용을 모두 다룰 수는 없다. 하지만 짧게나마 정리한 내용을 통해 탐험쓰기가 삶에 강력한 영향을 미치고, 여러분도 언제든 직접 탐험에 나설 수 있다는 사실을 이해했길 바란다. 이제 탐험을 시작하기 전에 갖추어야 할 마음가짐과 기본적 도구에 대해 알아보자.

3장

탐험을 떠나기 전의 준비

　　　　　　　　모든 탐험가는 탐험을 떠나기 전에 준비를 한다. 물론 흰 종이에 글을 쓰는 일에 특수장비나 군수물자가 필요한 것은 아니다. 모든 모험이 그렇듯이 가장 중요한 준비는 앞으로 마주할 과제에 맞는 마음가짐을 갖추는 것이다.

탐험가의 마음가짐

　　　　　　　　일상적인 업무의 일환으로 글을 쓰기 위해 사무실 책상에 앉았을 때는 탐험가 모드를 작동시킬 필요가 없을 것이다. 전달해야 하는 내용에 대해 잘 파악하고 있을 테니 원하는 답을 들을 수 있게끔 하고 싶은 말을 명확하게 쓰기만 하면 된다. 마치 육상선수가 경주의 출발점에 선 듯한 모습이다. 무엇을 해야 하는지가 명확하고, 눈앞에는 나아가야 할 길이 표시되어 있다. 남은 일은 최대한의 효과와 효율을 달성하면서 임무를 완수하는 것이다. 메달에 버금가는 성과를 올린다면 금상첨화다.

그러나 탐험쓰기를 하기 위해 책상에 앉을 때는 육상선수의 마음가짐이 쓸모없다. 앞으로 어떤 길이 펼쳐질지 모르기 때문이다. 그 점이야말로 탐험의 핵심이다. 이런 종류의 글쓰기에서 중요한 것은 효율이 아니라 '새로운 발견'이다. 많은 사람이 탐험가의 마음가짐을 정확히 파악하려고 애쓴 끝에 몇 가지 주된 특징에 대한 합의가 이루어졌다. 탐험가의 마음가짐은 호기심, 겸허, 적응력, 유머로 이루어져 있다. 이런 특성은 눈보라를 뚫고 북극을 탐험하는 데에도 필요하지만, 직장 내 인간관계나 창업 등 주변의 어려운 문제를 해결할 때에도 유용하다. 물론 탐험쓰기를 하는 데에도 큰 도움이 된다. 이제 하나씩 찬찬히 살펴보자.

마음가짐 1: 호기심

탐험가의 특성을 하나만 꼽으라면 단연 '호기심'이 그 자리를 차지할 것이다. '이 산 반대편에는 뭐가 있을까?', '지구는 정말 편평할까?', '롤러스케이트를 타고 북극에 가려면 어떻게 해야 할까?'

모든 탐험의 출발점에는 하나같이 호기심이 불타고 있다.

호기심의 역할은 탐험의 시동을 걸어주는 데서 그치지 않는다. 탐험에 따르기 마련인 난관에 맞닥뜨릴 때에도 사람들은 호기심 때문에 소리 지르며 도망가는 대신 상황을 살핀다. 《역경 Struggle》의 저자 그레이스 마셜Grace Marshall의 표현대로 호기심은 사람들이 상황을 '잘 볼 수 있도록' 해준다.

두려움: 빌어먹을! 뭔가 일이 터진 것 같은데!

호기심: 와! 뭔가 일이 터진 것 같은데!

두려움: 위험해!

호기심: 신기한걸!

두려움: 거긴 가지 마!

호기심: 가까이 가서 한번 보자.[10]

창의력은 대부분 호기심에서 비롯된다. 탐험쓰기는 매일 호기심을 발휘할 작은 공간을 마련해 준다. 흰 종이는 안전한 공간이다. 북극탐험에 나설 때처럼 목숨이나 명예를 걸지 않아도 된다. 실패해도 아무런 부담이 없다. 그렇기 때문에 마음 놓고 호기심을 조종석에 앉힌 다음, 본능적인 두려움에 휩쓸리지 않고 탐험을 떠나 새로운 사실을 찾아내고 세계를 넓혀 나가도 된다.

마음가짐 2: 겸허

겸허는 배움의 바탕이며, 내 생각이 틀릴 수 있고 더 나은 해결책이 있을지도 모른다는 가능성을 받아들일 의지다. 이는 모순된 태도 같지만 내적 자신감의 일면이기도 하다. 자존감이 낮은 사람은 자신이 틀렸을지도 모른다는 사실을 끝까지 인정하지 못한다. 스탠퍼드대학교 심리학과 교수 캐롤 드웩은 내가 틀렸을 때 그 사실을 편안히 받아들이는 태도야말로 '성장형 사고방식'의 바탕이라고 주장했다. 사고가 경직된 사람은 비판을 받거나 남들이 성공하는 모습을 볼 때 위협을 느끼지만, 성장형 사고방식을 지닌 사람은 같은 상황을 배움의 기회라 여긴다.[11]

겸허는 기업을 이끄는 사람들에게 더욱 중요한 덕목이다. 요즘 세상은 무척 복잡하고 변화의 속도도 한층 빨라져 그 누구도 모든 문제의 답을 언제나 알 수는 없기 때문이다. 자신의 신념을 지나치게 고집하지 않고 타인의 의견을 구하는 겸허한 태도를 유지하는 것은 이제 성공을 넘어 생존의 필수요소다. 겸허한 태도로 탐험쓰기에 나서려면 상황을 다른 각도에서 바라보고 평소 좋아하지 않던 사람에게도 배우겠다는 의지를 지녀야 한다.

조직심리학 분야의 석학 에드거 샤인은 상대와 관계를 맺고 발전시키기 위해 답을 알 수 없는 질문을 던지는 대화 기술, 즉 '겸허한 질문'을 고안했다.[12] 겸허한 질문은 효과적인 리더십과 올바른 의사결정을 이끄는 검증된 전략이다. 탐험쓰기에서 알 수 없는 질문을 던지는 '상대'는 바로 여러분 자신이다. 그러나 교훈은 동일하다. 겸허는 탐험에 나선 여러분이 현실과 생각이 다를 수 있다는 점을 받아들이고, 탐험 도중 무엇을 발견하느냐에 따라 계획뿐 아니라 세상을 보는 관점까지 바꿔야 할 수도 있다는 사실을 자연스럽게 받아들이게 해준다.

마음가짐 3: 적응력

태초 이래 인류가 해온 모든 탐험에는 공통된 특징이 있다. 바로 '탐험은 계획대로 흘러가지 않는다'는 것이다. 놀랄 일도 아니다. 미지의 땅을 헤쳐 나가는데 완벽한 계획을 세울 수 없는 것은 당연하다. 탐험가는 만반의 준비를 갖추되, 언젠가는 예상치 못한 일이 벌어질 테고 그에 적응해야 한다는 사실 또한 받아들여야 한다.

남극 횡단 탐험을 떠났다가 온갖 고초를 겪은 끝에 대원 전원 생환이라는 신화를 이룩한 어니스트 섀클턴이 좋은 예다. 탐험 중 얼음이 얼어 그 사이에 갇힌 배가 부서질 지경에 이르자 섀클턴은 탐험의 목표를 '탐사'에서 '생존'으로 수정하고 전 대원을 생환시키기 위해 온 힘을 다했다. 배를 버리고 근처의 빙하 위에 캠프를 친 날, 섀클턴은 일지에 이렇게 썼다. "인간은 이전의 목표가 사라지는 즉시 자신을 새로운 목표에 적응시켜 나가야 한다."[13] 운이 따라주지 않는다며 불평을 늘어놓거나 기존의 계획을 고수하려 했다면 절대 그토록 뛰어난 융통성, 적응력, 회복력을 발휘하지 못했을 것이다. 덕분에 섀클턴의 탐험대는 3년에 걸친 온갖 난관을 뚫고 모두 무사히 귀환했다.

목표를 바꿨다면 수정된 계획에 전력을 다하는 태도는 매우 중요하다. 특히 다른 사람들의 참여를 이끌어 내야 할 때는 더욱 그렇다. 탐험쓰기를 활용하면 결과에 얽매이지 않고도 수없이 다양한 계획을 세우고, 시험하고, 수정할 수 있다. 또한 수정한 계획의 장점이 무엇인지 타인을 설득하기 전에 주장을 정리하는 데에도 도움이 된다.

마음가짐 4: 유머감각

탐험가의 특성 중 하나로 단박에 유머감각을 떠올리는 사람은 많지 않다. 눈보라를 뚫고 걷는 광경을 상상만 해도 암울하기 때문일까? 하지만 장기간 모진 환경을 견뎌야 하는 상황에서 서로 죽고 죽이지 않으려면 유머감각은 필수 요소다(세계 최초로 남극점에 도달한 노르웨이의 탐험가 로알 아문센은 1911년 일기에 어떤 상황에서도 유머를 잃지 않았던 요리 담당 대원 아돌프 린스트룀**Adolf Lindstrøm**이야말로 다른 누구보다도 탐험에 크고 귀중한 기여를 했다고 썼다).[14]

혼자서 흰 종이 위를 걸어가는 글쓰기 탐험가에게도 유머감각은 유용한 도구다. 이는 기운이 모자라거나 일이 계획대로 되지 않을 때 큰 힘이 된다. 아무리 암울한 상황에서도 유머를 발견하는 능력은 몸이 느끼는 스트레스를 덜어준다. 또한 유머는 창의력과 유쾌한 기분을 일깨워 해결책이나 새로운 아이디어를 떠올릴 가능성을 높인다. 혼자서 떠나는 탐험의 큰 장점 중 하나는 부적절한 농담으로 남의 기분을 상하게 힐 염려가 없다는 것이다. 그러니 탐험쓰기를 할 때에는 바보 같은 표현이나 선 넘는 농담 정도는 마음 놓고 즐기자(모든 유머가 그렇듯 도가 지나치면 더 이상 우습지 않으니 그 점만 주의하면 될 것 같다).

탐험쓰기의 여정을 떠날 때에는 호기심, 겸허, 적응력, 유머라는 네 가지 마음가짐을 염두에 두자. 처음부터 의식적으로 마음에 새기면 시간이 흐르면서 점차 습관으로 굳어질 테고, 결과적으로 여러분의 글쓰기뿐 아니라 인생도 크게 달라질 것이다.

탐험가의 도구상자

제대로 된 마음가짐과 더불어, 탐험을 떠나기 전에 갖추어야 할 준비물과 새겨둘 지침이 몇 가지 있다. '아니, 탐험쓰기는 펜과 종이만 있으면 된다더니? 잘못될 일도 없다면서 준비물이며 지침은 왜 필요한 거지?' 어쩌면 고개를 갸우뚱하는 독자가 있을지도 모르겠다. 그 말도 맞다. 어떤 면에서 보면 탐험쓰기는 단순하기 그지없고 올바른 방법도, 틀린 방법도 없다. 하지만 여러분이 탐험쓰기를 실천하고 또 즐기는 데 도움이 되는 도구와 아이디어, 핵심 기술은 분명 존재한다.

구급상자, 침낭, 텐트, 장화, 땅콩버터 등 기본적인 장비(마지막 항목은 나에게만 해당되는지도 모르지만)도 없이 탐험을 떠나지 않듯, 탐험쓰기에도 필수적인 도구 몇 가지가 있다. 구하기 어려운 전문가용 장비는 아니니 걱정은 넣어두자.

무엇이 필요할까?

+ 볼펜 또는 연필

+ 크고 투박한 종이패드(자세한 설명은 뒤에 이어진다)

+ 글을 쓸 수 있는 편안한 장소

+ 스스로 정한 시간

+ 글을 쓰는 동안 사람이나 전자기기의 방해를 차단하는 일

그 밖에 있으면 좋은 것은?

+ 생각과 행동계획을 좀 더 보기 좋게 정리할 고급 공책

+ 커피(비스킷을 추가해도 무방하다)

언제 쓰면 좋을까?

언제든 마음 내킬 때 쓰면 된다. 아침에 일어나자마자 쓰면 다른 일에 정신을 빼앗기기 전에 하루의 방향을 정할 수 있어서 좋다.

그날 있었던 일을 돌아보며 성찰할 수 있는 저녁에 쓰는 것도 괜찮다. 하지만 잠깐 숨 돌릴 틈이 필요하거나 복잡한 머리를 정리해야 한다면 언제든 탐험쓰기를 해도 무방하다.

얼마나 오래 써야 할까?

좋은 질문이다. 내 답변은 '언제 쓰면 좋을까'에 대한 답과 비슷하다. 즉 쓰고 싶은 만큼 쓰면 된다. 탐험쓰기에 마감시간을 설정해야 하는 것은 아니다. 하지만 내 경우에는 시간을 정해두는 편이 도움이 되었다. 주의를 집중하고 빠른 속도로 글을 쓸 수 있기 때문이다. 빠르게 글을 쓰는 것은 의식과 무의식 사이의 보이지 않는 벽을 부수는 최선의 방법이다.

내가 진정한 의미의 전력질주 자유쓰기를 할 수 있는 최대한의 시간은 6분 정도다. 자유쓰기란 손을 멈추지 않고 생각의 속도에 맞춰 글을 쓰는 것을 말하는데, 이를 6분 이상 지속하면 에너지가 떨어지거나 팔이 아파왔다.

나의 경우, 처음에는 매일 10분간 탐험쓰기를 하는 습관을 들이려 했다. 그랬더니 성공할 때보다 실패할 때가 잦았다. 10분은 바쁜 일과 중에 따로 떼어두기에 너무 긴 시간이었다. 그래서 목표를 5분으로 줄였다. "앨리슨, 아무리 바쁘더라도 5분은 낼 수 있겠지." 실제로 5분 정도는 짬이 났다. 게다가 시간이 줄어들었기 때문인지 집중력이 높아져서 더 빨리, 더 자유롭게 쓸 수 있었다. 문제는 탐험쓰기를 하려고 시동을 거는 데 2~3분가량이 필요하다는 점이었다. 이래서야 5분 동안 글을 써도 제대로 탐험을 하는 시간은 2~3분에 불과했다(그런 점에서 글쓰기는 조깅과 비슷하다. 처음 몇 분이 가장 어렵다). 그러다가 질리 볼턴**Gillie Bolton** 박사가 쓴 《성찰 연습**Reflective Practice**》[15]을 읽게 되었다. 박사는 6분가량 전력을 다해 글을 쓰는 것이 가장 이상적이라고 했다. 시험 삼아 해보았더니 내게도 딱 들어맞았다. 5분과 마찬가지로 부담스럽지 않은 시간인 데다 1분 동안 추가로 탐험을 즐길 수 있었기 때문이다. 겨우 60초를 더 투자한 것치고는 뛰어난 성과였다.

물론 어디까지나 여러분의 재량에 달렸지만 개인적으로는 글을 쓸 때 타이머를 6분에 맞춰두라고 강력히 권하고 싶다. 타이머가 울린 뒤에도 계속 쓰고 싶다면 그래도 좋다. 하지만 필수는 아니다.

얼마나 자주 써야 할까?

이번에도 답은 비슷하다. 쓰고 싶은 만큼 자주 쓰면 된다. 하지만 규칙적으로 실천할 수 있는 선에서 생각해 보자. 나는 매일 조깅을 한다. 보통 먼 거리를 달리지 않고, 절대 빠른 속도로도 달리지 않는다. 하지만 나는 (2022년 7월을 기준으로) 지난 1,500일간 하루도 빠짐없이 달렸다. 앞으로도 상황이 허락하는 한 그만두지 않을 생각이다. 언젠가는 멈춰야 할 날이 오겠지만 그때까지는 절대 타협하지 않고, 나 자신을 더 행복하고 건강하게 만들어주는 매일의 습관을 지킬 것이다(사실 우리 강아지가 나보다 더 좋아하는 습관이다).

어떤 행동을 연속해서 하는 것을 '스트리킹streaking'이라고 한다(옷을 벗어 던지고 달리는 것도 스트리킹이라고 하는데, 이와는 전혀 상관없는 이야기다). 이를테면 '성공행진'이라고나 할까. 내가 이어가는 성공행진, 즉 의식적으로 매일 하려고 마음먹은 습관은 꽤 많다. 각각의 습관에는 내가 추구하는 신체적, 정신적, 사회적, 영적 이상이 반영되어 있다. 그리고 실천하는 데 그리 오랜 시간이 걸리지 않는다. 많은 시간을 투자해야 하는 습관은 오랫동안 이어갈 수 없기 때문이다.

스탠퍼드대학교 행동설계연구소장 B. J. 포그B. J. Fogg16의 '작은 습관'이나 자기계발 전문가 제임스 클리어17의 '초소형 습관' 등 습관에 대한 수많은 심리학 연구에서도 볼 수 있듯이, 규칙적인 습관을 통해 일상에 작은 변화를 일으키는 것은 삶의 방향을 긍정적으로 바꾸고 또 유지하는 최고의 방법이다.

나 역시 조깅의 성공행진을 이어가며 무척 흥미로운 일을 겪었다. 예전에는 "오늘 조깅을 할까?"라고 생각하던 것이("에이, 오늘은 달릴 기분이 아냐"라고 결론지은 날이 너무 많았다), "오늘은 '몇 시'에 조깅을 할까?"로 바뀐 것이다. 비슷해 보이지만 전혀 다른 의사결정이다. 조깅을 하겠다고 마음먹으려면 불굴의 의지를 발휘해야 하지만, 몇 시에 달릴지 정하는 것은 가볍게 계획만 세워도 충분한 일이기 때문이다. 성공행진을 유지하고 있기 때문에 달리기 전부터 의욕이 생긴다. 그리고 일을 해내는 데 있어 의욕은 최고의 준비물이다.

여러분에게도 이 방법이 효과가 있을 것 같다면, 시험 삼아 탐험쓰기 성공행진을 이어가 보길 바란다. 어딘가 기록해 둘 곳을 찾아보자. 미국의 유명 코미디언 제리 사인펠드Jerry Seinfeld는 벽걸이 달력에 표시했다. 나는 '스트릭스Streaks'라는 앱을 사용하는데, 여러분도 자신에게 맞는 방법을 찾아보길 바란다. 성공행진이 이어지는 모습을 보면 계속하고 싶은 의욕이 샘솟을 것이다.

왜 크고 투박한 종이패드인가?

개인적으로 공책을 무척 좋아하는 편이다. 너무 예뻐서 차마 쓰지 못하고 책장에 고이 모셔둔 공책도 여러 권이다. 티끌 하나 없는 종이에 자국을 남겨도 괜찮을 만큼 심오한 생각을 하거나 예쁘게 글씨를 쓸 자신이 없었던 탓이다. 하지만 탐험쓰기에 나설 때는 그런 부담감에서 자유로워야 한다. 그리고 그 글이 누구의 눈에도 띄지 않을 거라고 안심할 수 있어야 한다. 탐험쓰기는 약간은 지저분하고 솔직한, 살아 숨 쉬는 글쓰기다.

내 경우 탐험쓰기에 가장 적합한 종이는 A4 크기의 줄이 그어진 재생지 뭉치였다. 싸고, 부담감도 없고, 쓰고 버리면 그만이고, 자의식을 느낄 필요도 없고, 컴퓨터의 키보드는 따라오지도 못할 만큼 머리와 몸이 집중하도록 해준다. 물론 근사한 공책을 사도 좋다. 단, 탐험쓰기를 하는 데 사용하기보다는 글쓰기를 통해 수면 위로 드러난 생각을 다듬어 정리하는 데 쓸 수 있도록 아껴두자(14장에서 이야기할 예정이다).

자, 이제 준비는 다 마쳤다. 번거롭거나 돈이 많이 들지는 않았을 것이다. 시간도 오래 걸리지 않고 전문기술도 필요 없다. 오늘의 탐험쓰기가 완전히 실패로 돌아갔다 해도, 낭비한 것은 6분의 시간과 저렴한 종이 두어 장뿐이다. 이제 가벼운 마음으로 길을 떠나자.

1부를 마무리 짓는 다음 장에서 첫 번째로 탐험을 떠날 곳은 바로 직장이다. 탐험쓰기는 신입사원, 과장, 부장, 사장을 막론하고 조직생활을 하며 문제를 해결해야 하는 사람이라면 누구에게나 든든한 지원군이 되어주기 때문이다.

4장

일터에서 발휘되는
탐험쓰기의 힘

현대사회에서 일과 삶을 완벽하게 구분하는 것은 무의미하지만, 탐험쓰기가 일에 미치는 영향에 특별한 관심을 갖는 것은 의미가 있다.

우선 출근을 하건 재택근무를 하건 간에 대부분의 일터들은 다음의 사항들에 해당된다.

+ 깨어 있는 시간의 대부분을 보낸다.
+ 취향이 맞지 않는 사람들과 매일 다양한 상호작용을 해야 한다.
+ 머릿속의 '인간' 영역이 나를 제어하는 것처럼 보여야 한다.
+ 웰빙 및 업무집중도 등의 측면에서 위기를 마주한다.

'위기'라니, 지나친 표현이 아닐까 생각하는 독자도 있을 것이다. 그러나 솔직히 일하는 시간이 마냥 핑크빛이라 보기는 어렵다.

조직행동 분야의 전문가 앤서니 클로츠^{Anthony Klotz} 교수가 2021년에 만든 용어 '대퇴직의 시대^{The Great Resignation}'가 그 증거다. '대퇴직의 시대'란 팬데믹의 여파로 많은 이들이 직장을 그만두는 현상을 가리키는 말이다.[18] 퇴직의 이유는 무엇일까? 붐비는 출퇴근길과 치열한 사내정치에 시달리지 않는 삶이 더 낫다는 사실을 깨달았기 때문일 수도 있고, 인생이 던지는 심오한 질문을 더 깊이 생각해 볼 시간적, 공간적 여유가 생기자 현재의 회사생활이 삶의 가치 및 목표와 맞지 않는다고 느꼈기 때문일지도 모른다. 아니면 생활물가가 너무 올라서 수십 킬로미터의 거리를 통근하는 일이 타산이 맞지 않아서일 수도 있다. 어쩌면 그 밖에 생각지 못한 이유가 있을지도 모른다.

퇴직뿐 아니라 업무집중도도 문제다. 업무시간에 적극적으로 일에 집중하는 직장인의 비율은 생각보다 낮다(갤럽 조사에 따르면 2021년 상반기를 기준으로 할 때 적극적으로 일하는 직장인의 비율은 전 세계적으로 20퍼센트에 불과했으며, 그와 비슷한 수준이 수년간 유지되고 있다).[19] 사람들은 3개년 업무계획을 실천하는 대신 SNS를 하면서 시간을 보낸다. 전략보고서에 집중하려다가도 상사가 보낸 (생산성을 깎아먹는) 메시지나 동료가 걸어온 전화 탓에 주의가 흐트러지고 만다.

게다가 지난 10여 년간 꾸준히 상승한 업무 스트레스 문제도 있다. 업무 스트레스는 과도한 업무량, 집중을 방해하는 여러 요인, 불확실한 상황에 대처해야 하는 환경 등 다양한 원인에서 비롯된다.[20] 어려운 대인관계, 리더십과 소통의 부족을 포함한 기존의 불안요인과 더불어 급속도로 발전하는 첨단기술 또한 스트레스를 가중시키고 있다.

기업은 이런 문제를 해결하기 위해 관리자 육성 프로그램, 임원코칭, 리더십훈련, 웰빙기획 등에 매년 수십억 달러를 투자한다. 그런데 놀랍게도 탐험쓰기는 업무집중력, 문제해결력, 회복탄력성, 공감능력 등 복잡한 직장 내 문제들에 대처하는 데 엄청난 효과가 있다. 게다가 비용도 훨씬 적게 든다. 아직 확신이 들지 않는다고? 그렇다면 탐험쓰기를 일에 적용해서 단기간에 높은 성과를 올리는 실질적인 방법 세 가지를 살펴보자.

'보이지 않는 일'과의 협업

요즘 사람들이 하는 일은 아날로그 세대의 눈에는 무척 묘해 보일 것이다(나의 어릴 적 친구의 어머니는 돌아가실 때까지 매년 우리 어머니에게 크리스마스 카드를 보내셨다. 마지막 해에 보내신 카드에는 이렇게 적혀 있었다. "폴과 아일사는 잘 지내요. 뭔지 모를 일을 하는 회사에 다니고 있다오.").

'지식노동 knowledge work'은 원래 소수 전문직의 전유물이었지만 요즘은 대부분의 사람들이 지식노동에 종사한다. 그래서 현대 직장인들은 눈에 보이지 않는 머릿속의 생각을 다른 사람이 이해할 수 있도록 가시화하거나, 다른 사람이 내게 전하려는 생각을 이해하려고 애쓰는 데 업무시간의 대부분을 쓴다. 창조경제의 창시자이자 영국의 경영전략가인 존 호킨스는 말했다. "반쯤 완성된 생각을 남에게 전하는 것은 까다로운 일이다."[21]

호킨스는 BBC 사장을 지낸 그렉 다이크와 함께 영국 지상파방송 '채널5'를 설립하면서 몸소 쌓은 경험을 바탕으로 미완성 상태의 생각을 남에게 전하는 효과적인 방법을 제안했다. 다이크는 당면한 과제의 복잡한 재정적, 기술적 문제를 간결하게 전달할 수 있도록 편지나 메모를 썼다. 그런 다음에는 소수의 팀이 둘러앉아 메시지를 명료하게 다듬었고, 그 과정에서 아이디어를 명확하게 이해했다. 호킨스의 말대로 "보이지 않는 일을 볼 수 있게끔 끌어내는 데 효과적인 방법이었다."[22]

탐험쓰기는 보이지 않는 것을 드러내 보이는 값진 수단이다. 팀원끼리 서로 소통하기 전에, 각자가 자신의 아이디어를 더 명확하게 '볼' 기회를 제공하기 때문이다.

직장에서 탐험쓰기를 실천하는 손쉬운 방법은 회의를 할 때 곧장 토의를 시작하는 대신 초반 몇 분간 각자 자신을 위한 글을 써보는 것이다. '나는 주된 이슈가 무엇이라고 생각하는가?', '나는 동료들에게 어떤 점을 이해시키려고 하는가?', '동료들이 가장 관심을 기울일 만한 대안은 무엇인가?' 등에 대해 잠깐동안 생각해 보자. 이렇게 '토의 준비 단계'를 추가하면 팀 차원에서 훨씬 생산적인 토의를 할 수 있고, 간과했던 문제나 아이디어도 수면 위로 떠오르게 된다.

다양한 관점의 의견

팀 차원에서 탐험쓰기를 활용할 때 가장 큰 장점은 기울어진 운동장을 바로잡을 수 있다는 것이다. 소위 '브레인스토밍' 회의라 불리는 기존의 회의에서는 자신감이 넘치고, 말을 잘하며, 외향적이고 행동파에 가까운 팀원이 돋보이게 마련이다. 이들이 회의 초반에 개진하는 의견은 토의 전체의 흐름에 영향을 주고 기울어진 운동장을 만들어낸다.

그러나 회의 초반 몇 분 동안 각자 자신의 생각대로 글을 쓰게 하면 모든 팀원이 양질의 아이디어를 내놓을 수 있다. 그 결과 소외되는 사람도 없고, 다양한 의견을 들을 수 있으며, 쓸 만한 아이디어도 여럿 등장하게 된다. 예전대로라면 구석에서 움츠리고 있었을 사람도 한층 적극적으로 문제해결에 참여하는 모습을 볼 수 있다.

탐험쓰기를 통해 더 많은 팀원의 참여를 이끌어 내는 또 하나의 방법은 '사전부검premortem'[23]이다. 응용심리학자 게리 클라인이 착안했고 경제학자 대니얼 카너먼 덕분에 인기를 끌게 된 용어다. 사후부검은 사망원인을 이해하는 데는 유용하지만 현재 논의 중인 문제를 해결하기에는 너무 늦게 이루어진다. 사전부검은 프로젝트가 실패했다고 가정하고 그 원인을 찾는 활동을 가리킨다. 모든 것은 가정에 불과하므로 부담 없이 의견을 나눌 수 있다. 평판을 그르칠 일도 없고 밥줄이 달려 있는 것도 아니기에 평소라면 말없이 지나쳤을 문제점에 관해 비교적 쉽게 이야기를 나눌 수 있다. 잠시 전력질주 탐험쓰기를 하고 나면, 즉흥적인 아이디어를 떠올리는 한편 수면 아래 숨겨져 있던 위험한 문제도 찾아낼 수 있다. 게다가 목소리가 크고 자기 생각이 확고한 사람들뿐 아니라 모든 팀원이 이슈에 관한 각자의 의견과 지식을 풀어놓을 수 있다.

안전한 열린 대화

직원의 웰빙은 관리자에게 중대한 문제다. 조직 전체에 영향을 미치기 때문이다. 팬데믹 발생 전인 2017년, 영국 정부가 진행한 한 연구에는 다음과 같은 내용이 들어 있다. "정신건강 문제를 겪는 근로자의 수가 계속 늘어나고 있는데, 매년 장기적인 정신건강 문제가 있는 근로자 30만 명이 직장을 잃는다. 이는 신체적 건강 문제를 겪는 근로자의 실직률보다 훨씬 높은 수치다. (…) 현재 노동인구의 15퍼센트는 정신건강 문제와 관련된 증상을 보이고 있다." 연구는 영국의 기업이 이런 문제에 대처하기 위해 지출하는 연간 비용이 약 330억~420억

파운드(약 55~70조 원—옮긴이)에 달할 것이라 추산했다.[24] 설상가상으로 팬데믹까지 덮쳤었다. 영국의 자선단체 '마인드Mind'에 따르면 매년 인구의 4분의 1이 정신건강 문제를 겪고 있다.[25] 이제 기업을 이끄는 리더는 인간적 측면뿐 아니라 비용을 고려해서라도 직원의 웰빙에 관한 문제를 진지하게 고민해야 한다.

탐험쓰기가 어떻게 일터에서의 웰빙에 이바지하는가는 11장에서 좀 더 자세히 다룰 예정이다. 여기서 주목할 점은 위 연구보고서가 고용주에게 정신건강에 관해 '개방적인 대화'를 할 수 있는 환경을 조성하도록 권고하고 있다는 점이다. 앞에서 살펴본 바와 같이 탐험쓰기는 안전하게 자신의 생각을 표현할 수 있는 공간을 제공한다. 이것이야말로 일터에서 사려 깊고 열린 소통을 하기 위해 가장 선행해야 하는 일일 것이다.

Exploratory Writing

2부
종이 위에 펼쳐지는 탐험

여러분도 지금쯤은 탐험에 동참했길 바란다. 탐험쓰기에 시간과 노력을 투자할 가치가 있다는 것을 이해하고, 탐험가의 마음가짐을 갖추고, 기본적인 도구도 마련했으리라 믿는다. 이제 첫발을 내디딜 차례다. 2부에서는 여러분이 나아갈 여러 방향과 종이 위에서 즐길 수 있는 다양한 탐험을 소개할 예정이다. 다룰 내용은 다음과 같다.

5장: 의미 있는 일을 하기 위해 꼭 필요하고 서로 연결된 세 가지 요소(역량, 의사결정, 주의집중)에 관해 알아본다.

6장: 나도 모르게 머릿속에서 항상 일어나고 있는 서사 형성의 과정(센스메이킹)에 관해 다룬다.

7장: 질문을 의도적으로 활용하는 방법을 소개한다.

8장: 창의력의 바탕인 즐거움에 관해 알아본다.

9장: 비유가 지닌 비범한 힘을 활용해서 세상을 다르게 바라본다.

10장: 평소 애써 무시하는 나의 면면을 편안하게 받아들이는 자기이해의 과정을 살펴본다.

11장: 매일 마주하는 문제에 효과적으로 대처하기 위해 웰빙을 일구는 법을 알아본다.

각자의 속도에 맞춰 원하는 곳에서부터 탐험을 시작하면 된다. 2부에는 탐험쓰기를 도울 '일단 첫 마디'를 실어두었다(어디까지나 글쓰기를 돕기 위한 장치이므로 다른 머리말을 활용해도 좋고 완전히 다른 방향으로 나아가도 된다).

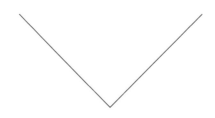

5장

목표 달성에 필요한
근본 요소들

앞서 2장에서 탐험쓰기에 관한 신
경학적 근거를 살펴보았다. 5장에서는 탐험쓰기를 구체적으로
실천하는 방법을 소개하는 한편 뇌라는 하드웨어에서 마음이라
는 소프트웨어, 즉 심리학과 철학으로 초점을 옮겨보려 한다.

우선 나는 탐험쓰기의 마법을 뒷받침하는 상호 연결된 세
가지 근본 요소가 있다고 생각한다. 그 근본 요소는 역량, 의사결
정, 주의집중인데 심리학이나 철학 분야에서 흔히 그렇듯 단어의
정의를 두고 의견이 분분할 수 있으므로 이 책에서 쓰이는 의미
를 밝혀둔다.

+ 역량: 과제를 실천하고 세상에 영향을 미치는 능력.

+ 의사결정: 오늘 당장, 또는 인생 전반에 걸쳐 실행 가능한 수백만 가지의 일 중 무엇을 시도할지 의도적으로 선택하는 것.

+ 주의집중: 의사결정을 통해 선택한 일을 현실로 이루기 위해 정신과 에너지를 일관되고 끈기 있게 집중하는 것.

위의 세 가지 요소는 떼려야 뗄 수 없을 만큼 상호의존적이다. 내게 충분한 역량이 있다고 믿으면 어떤 과제를 시도할 것인지 의사결정을 할 수 있다. 그런 다음 필요한 시간만큼 (몇 주, 몇 달, 또는 몇 년에 걸쳐) 주의를 집중하면 목표를 달성할 가능성이 높아진다.

자신의 역량을 믿지 않는다면 의미 있는 일을 달성하려고 시도할 생각조차 하지 않을 것이다. 스스로 의사결정을 하지 않으면 표류하는 삶을 살게 된다. 그리고 자신이 택한 과제에 주의를 집중하지 않으면 결실을 맺을 수 없다. 이 세 가지 요소가 함께 작용하면 선순환이 일어난다. 스스로 선택한 과제에 주의를 집중해서 좋은 결과를 얻으면 자신의 역량에 대한 믿음도 늘어나는 것이다.

내가 이들을 '근본'이라 한 이유는 이 요소들이 없다면 진정 의미 있는 일을 해낼 수 없기 때문이다. 이제 각 요소들을 차례로 살펴보면서 탐험쓰기가 이 세 가지 요소를 강화하는 데 어떤 도움이 되는지 알아보자.

역량과 탐험쓰기

2장에서 보았듯이 자유로이 글을 쓰면 나의 이야기를 볼 수 있게 된다. 나 자신과 생각을 분리하면 생각을 효과적으로 제어할 수 있게 된다. 내가 스스로에게 어떤 이야기를 들려주는지 인지하고, 분석하고, 새로운 이야기를 상상할 수 있게 되며, 어떤 이야기를 받아들이고 또 거부할지 결정할 수도 있다. 사고실험(생각을 통해 가상으로 진행하는 실험—옮긴이)을 해볼 수도 있다.

다른 사람의 행동, 날씨, 물가상승 등 매일 일어나는 일 중 대부분은 내 마음대로 통제할 수 없다. 아프거나 가난하거나 학대 또는 차별을 당하는 심각한 상황에 처해 있지 않더라도, 사람들은 대부분 어느 정도 무력감을 느끼며 살아간다. 그리고 무력감은 영혼을 갉아먹는다.

탐험쓰기는 흰 종이를 작지만 무한한 공간, 완전히 내 마음대로 할 수 있는 공간으로 바꿔놓는다. 상사에게 보고할 필요도, 현실의 제약에 얽매일 필요도 없는, 마음 내키는 대로 생각을 따라가며 원하는 상상을 자유롭게 펼칠 수 있는 공간이다. 지금 당장 사람들로 가득 찬 강당에서 발표할 수는 없을지라도 그런 상황에 대한 글을 쓰는 것은 얼마든지 가능하다. 운동선수가 올림픽 경기에서 결승선을 통과하는 모습을 상상하듯이 그 경험을 그려보는 것이다.

스포츠계에서는 이미 수십 년간 이런 시각화 훈련을 활용해

왔다. 원하는 결과를 머릿속으로 떠올리면 뇌에서는 그 경험을 직접 겪는 것과 비슷한 반응이 일어난다. 시각화를 통해 새로운 신경회로가 생겨나서 원하는 결과를 얻는 방향으로 행동하게 된다. 이런 과정을 통해 목표를 달성할 가능성이 높아지는 것이다.[1]

여러분이 올림픽에서 우승하기 위해 시각화 훈련을 써먹을 일은 없을지도 모른다(적어도 나는 그렇다). 하지만 삶의 다른 분야에서 이 훈련을 활용하지 말란 법은 없다. 프레젠테이션을 성공리에 마무리하고, 승진하고, 팟캐스트를 론칭하면 어떤 기분일지 글로 써보면 어떨까? 달성하려는 목표, 해내기 어려울 것 같은 일을 종이 위에 적으면 현실에서도 이룰 수 있을 듯한 느낌이 든다. 그리고 '내게 충분한 역량이 있다'는 느낌은 태도와 행동으로 나타나 분명 더 나은 결과를 만들어낸다.

탐험쓰기는 '내가 원하는 대로 살 수 있다'는 느낌을 되새길 공간을 만들어준다. 행복심리학을 연구하는 메건 헤이즈는 이를 두고 '자기저술self-authoring'이라 했다. "내가 어떤 일을 해낼 수 있다는 느낌은 무척 강력한 힘을 갖고 있습니다. 글쓰기는 그런 느낌을 가상으로 경험하도록 해줍니다. 어떤 일을 해내는 과정을 종이 위에 적다 보면 그 상황을 이해하게 되거든요."[2]

마법 같은 이야기다. 처음으로 전력질주 탐험쓰기를 해본 사람들은 약간 짜릿한 눈빛으로 나를 바라보며 "아니, 이거 너무 신기한데요!"라고 말하곤 한다. 마치 마술을 부려 모자에서 토끼를 꺼낸 것 같은 느낌이라는 것이다(어찌 보면 정말 그렇게 한 것이나 마찬가지다).

　　나도 처음 몇 번은 운이 좋았나 보다고 생각했지만 스무 번도 넘게 전력질주 글쓰기를 할 때마다 매번 성공적인 결과물이 나오자 내가 손수 행운을 만들고 있다는 사실을 깨달았다. 그리고 자신감이 붙었다. 여러분도 탐험쓰기를 시도해 보면 골치 아픈 문제와 상황에 대한 답이 내 안에 있음을 알게 될 것이다. 종이 두어 장과 6분의 시간만 있으면 된다. 경험이 쌓일수록 새롭고 어려운 과제와 상황에 맞설 준비가 되었다는 자신감이 생길 것이다.

　　일단 내 역량에 자신감이 붙었다면 과제를 주도적으로 정하고 주의를 집중하는 과정에 관해 알아볼 차례다.

의사결정과 탐험쓰기

　　　　　　　　의미 있는 일을 해낼 역량을 손에 넣었다면 새로운 의문이 떠오를 것이다. '과연 무엇을 해야 할까?' 전설적인 하키 선수 웨인 그레츠키**Wayne Gretzky**의 말대로 쏘지 않은 슛의 실패율은 100퍼센트이므로, 어떤 슛을 쏠지 선택하는 것은 최종결과를 좌우하는 중요한 과정이다.

　　의사를 결정하려면 우선 진지하게 사안에 대해 고민해야 하며 얼마간의 용기도 필요하다. 슛을 쏘면 실패할 가능성도 있기 때문이다(실패에 따르는 민망하고 당혹스러운 감정은 덤이다). 의사결정을 하지 않으면 다른 사람들과 함께 관중석에 앉아 손 놓고 경기를 구경해도 된다. 관중석에 앉아 있으면 편하다. 실패하거나 다칠 위험도 없고, 간식을 우물거리며 슛을 놓치는 선수에게 욕을 퍼부을 수도 있다.

그러나 의사를 결정하고 행동으로 옮기려면 실패할 가능성을 감수해야 한다. 또 관중석에 앉아 있는 데 만족하는 사람들과도 의도적으로 거리를 두어야 한다. 쉽지 않은 일이다. 특히 내 정체성과 그들의 정체성이 서로 얽혀 있다면 더욱 어렵다. "네까짓 게 뭔데?"라는 핀잔이 날아올 것만 같다. "엉덩이 붙이고 앉아서 경기나 보라고. 넌 우리랑 같이 여기 있는 게 맞아. 핫도그나 하나 더 먹어."

남이 정해준 대로 살아가기는 쉽다. 어린 시절 집에서, 또 교실에서 그렇게 해왔기 때문이다. 우리는 집에서 시키는 대로 잔심부름을 하고, 해내면 칭찬을 받았다. 지금까지 사람들은 대부분 직장에서도 그런 태도를 유지했다. 그러나 이제 점점 더 많은 이들이 '지식형 노동자'로 분류되고 있다. 생산라인에 못 박혀 일하던 윗 세대와 달리 독립적, 유동적, 자율적으로 일한다. 회사에서 완전히 벗어나 개인사업을 운영하기도 하고, 부업을 하는 경우도 있다. 때문에 자신의 의사를 결정하는 일은 그 어느 때보다 더 중요해졌다.

골라야 하는 선택지의 수도 너무 다양해서 마음을 정하기조차 쉽지 않다. 선택지가 너무 많으면 무엇을 골라야 할지 모르게 된다. 뭐든 될 수 있고, 어디든 갈 수 있으며, 무엇이든 할 수 있다면 어떻게 마음을 정해야 할까? 자칫 잘못된 선택을 하면 어쩌지? 밤낮없이 돌아가는 SNS 탓에 실패를 저질렀다간 온 세상 사람이 다 알게 될 것만 같다.

무엇을 할지 결정하는 데에는 위험이 따른다. 그러나 의사결정을 하지 않는 일은 그보다 더 위험하다.

탐험쓰기는 내 의사를 명확히 표현하고 시험해 볼 안전한 공간을 마련해 준다. 종이가 타임머신이 되어줄 것이다. 지금 이렇게 행동한다면 5년 뒤의 상황은 어떻게 흘러갈까? 지금 행동하지 않는다면 어떻게 될까? 자유롭게 써보자. 종이 가운데에 세로로 선을 긋고 장점과 단점을 양쪽에 적어보아도 좋다. 그러면 머릿속에서 토론이 벌어져 어느 쪽 의견이 우세한지 알 수 있다. 아니면 종이에 해볼 만한 일을 쭉 적은 뒤 훑어보기만 해도, 생각이 정리되며 그 일을 해낼 수 있다는 느낌이 들 것이다.

주의집중과 탐험쓰기

의사결정이 어떤 일을 할지 정하는 과정이라면, 주의집중은 결과를 달성하기까지 몇 주, 몇 달, 몇 년에 걸쳐 매 순간 그 일에 에너지를 쏟는 것을 말한다.

현대인의 주의집중력은 눈에 띄게 떨어지고 있다. 그 원인 중 하나는 포모^{FOMO}(Fear of Missing Out의 줄임말로, 혼자 뒤처지는 것 같아 심리적으로 불안해하는 증상을 가리킴―옮긴이) 현상이다. 무언가에 집중한다는 것은 다른 일에 시선을 주지 않는다는 뜻이다. 온 갖 물건이 우리의 시선을 빌리려 아우성치고, 그런 물건이 행복의 필수품이라고 외치는 광고가 가득한 요즘 세상에서는 분명 쉽지 않은 일이다.

또 하나의 요인은 전자기기 중독이다(중독이 과한 표현은 아닐 것이다). 2018년의 한 연구에 따르면 스마트폰 이용자는 하루 평균 2,617번 폰을 들여다본다. 이 정도면 다른 일을 할 시간은 거의 남지 않는다고 봐야 한다.[3] 전자기기와 온갖 앱은 지구상에서 가장 똑똑한 사람들이 우리의 관심을 돈과 맞바꾸기 위해 만든 것이니 매우 강력할 수밖에 없다(내가 바보라기보다 그쪽이 똑똑한 게 문제다). 어쨌든 스마트폰 사용을 금지하는 법이라도 나오지 않는 한 전자기기 중독은 오롯이 스스로 해결해야 한다.

그뿐 아니다. 내가 실시간으로 메시지나 메일을 확인할 거라는 남들의 기대 또한 주의집중을 유지하는 데 방해가 된다. 먼 옛날 일처럼 들리겠지만, 나는 업무 관련 서류가 노란 봉투에 담겨 내 자리까지 배달되어 오던 시절부터 일해 왔다. 그때는 카트에 실린 서류가 내게 도착하고 또 답신을 보내기까지 시간이 꽤 걸렸다. 다른 일을 하고 있는데 서류가 도착하면 일을 마무리할 때까지 서류를 책상 한구석에 밀어두었다. 급한 일이라면 그 쪽에서 직접 찾아왔을 테니까. 하지만 지금은 다르다. 내가 메시지를 확인했다는 것을 상대가 바로 알 수 있기에 나도 바로 답신을 해야 할 것 같은 암묵적 의무감이 든다. 그러다 보면 탁구를 치듯 메시지가 계속 오가는 일이 벌어진다.

요즘은 이런 식으로 남에게 끌려다니느라 하던 일을 마치지 못하는 경우가 많다. 솔직히 말하자면 그래서 다행스러울 때도 있다. 남이 일을 방해하면 잠시 쉬어 갈 수 있기 때문이다. 옆에서 훼방 놓는 사람이 있으면 보고서를 쓰거나 문제의 해결책을 찾는 데 집중하지 않을 그럴듯한 구실이 된다. 그래서 사람들이 스마트폰에 중독되는지도 모르겠다. 무언가 나를 방해해 줄 것을 찾아 유튜브를 돌아다니는 것이다.

명상을 비롯한 내적 활동은 집중력을 향상시키는 데 큰 도움이 되지만, 아쉽게도 나름의 장벽이 있다. 여러분은 어떨지 몰라도 나는 경험상 차분히 거리를 두고 우주와 하나되는 정신적 상태를 30초 이상 유지하기가 쉽지 않았다. 그러나 쉽게 산만해지고 순수한 내적 활동을 할 때의 주의집중력은 형편없는 수준인 나 같은 사람도 6분간 집중해서 전력질주 글쓰기를 하는 것은 충분히 가능하다. 이유는 두 가지인데, 서로 연관되어 있다.

1. 글쓰기는 오프라인에서 하는 일이다. 탐험쓰기를 하며 보내는 시간만큼은 스마트폰이나 컴퓨터에서 자유롭다. 아무도 원격으로 나를 방해할 수 없다. 앱이 내 시선을 끌 수도 없다. 궁금한 것을 검색하려고 인터넷 창을 열었다가 긴급속보(아니, 솔직히 말하자면 귀여운 고양이 영상)를

보며 한 시간을 속절없이 흘려보낼 위험도 없다. 무엇보다 누구도 우리가 두드리는 키보드를 해킹하거나 문서에 접근할 수 없다. 디지털 스파이 따위는 신경 쓰지 않고 뭐든 하고 싶은 말을 할 수 있다. 파격적인 일이다.

2. 글쓰기는 집중의 닻을 내려준다. 사람들의 머릿속에서는 온갖 생각이 맴돈다. 그러나 사람은 한 번에 하나의 생각밖에 할 수 없다. 그래서 컨디션이 좋을 때조차도 생각을 어느 정도 발전시킬 수 있을 만큼 오랫동안 붙들고 있기가 쉽지 않다. 간혹 영감이 찾아와도 (메신저 알림을 비롯한) 무언가가 훼방을 놓아 눈 깜짝할 사이에 생각이 증발되고 만다. 그러나 종이 위에 생각을 쏟아놓으면 생각의 줄기를 풀고, 실마리를 붙들고, 필요할 때면 다시 되감아가며 요점으로 돌아올 수 있다. 그렇기 때문에 생각은 제자리를 맴도는 반면, 글쓰기는 앞으로 나아가는 느낌을 준다.

날마다 탐험쓰기를 실천하면 의미 있는 일을 달성하는 데에 필요한 세 가지 근본 요소를 일상에 짜 넣을 수 있다. 매일 단 6분만 투자하면 나의 역량을 확인하고, 어떤 일을 해야 할지 의사를 결정하며, 주의를 집중해서 의미 있는 일을 더 많이 해내는 자신의 모습을 보게 될 것이다.

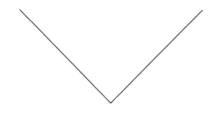

6장

센스메이킹으로의
탐험

　　　　　　　앞서 뇌는 본능적으로 이야기를
생성하며, 탐험쓰기는 뇌가 어떤 이야기를 만들어냈는지 인지하
고 새로운 이야기를 구성하게끔 돕는다고 설명했다. 사람은 이야
기를 통해 세상을 이해한다. 그리고 사람이 이야기를 구성하는
과정을 폭넓게 '센스메이킹'이라 한다. 센스메이킹을 할 때에는
경험 중에서 주의를 기울일 요소들을 선택하고 그들을 서로 연결
한다. 'A 때문에 B가 일어났다'라거나 'X라면 Y가 된다'라는 식이
다.

　　사람은 소설과 같은 세심하게 짠 직선적 서사를 읽는 데 익
숙하지만, 탐험쓰기는 느슨하고 융합적이며 정돈되어 있지 않다.

2장에서 살펴보았듯이 사람의 뇌는 원래 그렇게 작동하기 때문이다. 《힘 있는 글쓰기》의 저자 피터 엘보가 말한 것처럼 "사람들이 하는 일상적인 사고가 엄밀하게 논리적인 경우는 거의 없고, 대개 연상적, 유추적, 은유적이다."[4]

어떤 면에서 보면 센스메이킹은 서사의 원형이라 할 수 있다. 센스메이킹의 시작은 단순하다. 의식적으로 어디에 주의를 기울일지 관찰하고 선택하면 된다. 탐험쓰기를 하다 보면 '연결된 흐름connected sequence(관점을 설정하고 다양한 해석을 할 수 있도록 돕는 연상과 유추—옮긴이)'을 느낄 수 있다. 조직심리학자 칼 와이크Karl Weick가 명저 《조직에서의 센스메이킹Sensemaking in Organizations》에서 썼듯이 "자신의 삶을 이야기로 표현할 때, 사람들은 본디 흐르는 수프처럼 유동적이던 삶을 질서정연하고 일관되게 만든다."[5]

센스메이킹은 대부분 사회적으로, 남들과 나누는 대화나 조직의 문화 속에서 이루어지며, 의식적 사고가 작용하는 경우는 별로 없다. 뇌는 스토리텔링을 하는 데 익숙하기에 많은 수고를 들이거나 의식하지 않고도 '경험'을 '이야기'로 바꿔놓는다. 그러나 탐험쓰기는 경험이 언어가 되고 사건이 이야기로 변하는 의식의 최전방에서 그 과정을 직접 볼 수 있도록 해준다. 또 그 과정을 통해 쓸모없는 억측을 가려내고 새로운 생각을 떠올리도록 돕는다.

뇌는 경험을 원료 삼아 바삐 이야기를 만들어내기 때문에 본능적인 센스메이킹은 그다지 도움이 되지 않을 때가 많다. 본능적 센스메이킹을 따르다 보면 좋지 못한 경험을 반복적으로 떠올리면서 스스로를 비판하고, 자신에게 책임을 지우며 후회와 불안에 시달리는 악순환에 빠질 수 있다.

　　탐험쓰기는 뇌에 내재된 센스메이킹 습관을 보다 의도적이고 재미있게 활용할 수 있는 방법이다. 오랜 세월에 걸쳐 이어진 좋지 못한 생각의 악순환은 머릿속 깊이 각인되어 있기 때문에 거기서 벗어나려면 도움이 필요하다. 탐험쓰기의 도구상자에 들어 있는 가장 근본적인 도구인 자유쓰기는 여기서 엄청난 위력을 발휘한다.

자유쓰기

　　　　　　3장에서 탐험쓰기의 기본 도구인 자유쓰기를 짧게 소개했었다. 여기서는 자유쓰기에 관해 좀 더 자세히 알아보고 직접 실천해 보도록 하자.

　　자유쓰기란 머릿속에 있는 내용을 그대로 글로 쓰는 것이다. 편집이나 검열을 하지 않고 생각의 속도에 최대한 가깝게 쓰면 된다. 나 자신 및 다른 사람의 판단이나 평가에서 자유로워야 하며 필요하다면 문법, 구두점, 글의 세련미, 문체 따위는 무시해도 된다. 특히 적절하고 '제대로 된' 글에 관한 고정관념은 반드시 떨쳐내야 한다. 심지어 이치에 맞아야 할 필요도 없다(나중에 다시 읽어보면 의외로 논리가 척척 들어맞아 놀라게 될 것이다). 남을 위해 글을 쓸 때 신경 썼던 제약요소는 모두 버리자. 이렇게 아찔한 자유에 익숙해지려면 시간이 좀 필요하다.

운전을 할 줄 아는 사람이라면 도로에서 운전하는 데 익숙할 것이다. 제한속도를 지키고 다른 차나 행인을 신경 쓰면서 길이 난 방향으로 달린다. 또한 깜박이를 켜고 차로를 벗어나지 않으며 도로를 사용하는 다른 사람들을 배려한다. 업무용 글을 쓰는 과정도 그와 비슷하다.

반면 자유쓰기는 도시의 거리를 운전하는 것이 아니라 카트 뒤에 연을 달고 사하라사막 한가운데를 가로질러 달리는 것과 비슷하다. 바람에 따라 어느 방향으로든, 어디까지나 달려갈 수 있다. 연을 높이 올려 바람의 힘을 받는 것 외에 지켜야 할 규칙은 없다. '일단 첫 마디'를 쓴 다음 타이머가 울릴 때까지 가능한 한 솔직하게, 빠르게 적어 내려가면 된다(순풍을 받았다면 좀 더 써도 상관없다).

자유쓰기가 지닌 또 하나의 장점은 다른 글쓰기를 시작하기 전에 준비운동 역할을 해준다는 것이다. 자유쓰기를 하면 압박감에 시달리지 않고도 글이 자연스럽게 흘러나오며, 생각을 종이에 옮길 때 찾아오는 스트레스를 관리할 수 있게 된다. 글을 쓰는 과정을 통해 어떤 문제에서든 벗어날 수 있다는 사실, 글쓰기야말로 문제에서 벗어나는 최선의 방법이라는 사실을 알고 나면 두 번 다시 글쓰기의 슬럼프에 빠지는 일은 없을 것이다.

나의 팟캐스트에 출연했던 아일랜드의 작가 오르나 로스^{Orna}

Ross는 자유쓰기에 네 가지 특징이 있다고 설명했다.

첫째, 자유쓰기는 빠르다. 빠른 속도로 써야만 흘러가는 생각을 따라잡고 내부의 검열기관을 넘어 나아갈 수 있다(머릿속의 검열관은 1초만 빈틈이 보여도 '그런 건 쓰면 안 돼!'라며 끼어들 것이다).

둘째, 자유쓰기는 생생하다. 그렇기에 다른 누구와도 공유하고 싶지 않은 불편한, 때로는 고통스러운 진실을 드러내거나 날것 그대로의 표현을 사용할 수 있다(근사한 새 공책에는 쓰고 싶지 않은 내용이다). 평소 하듯이 글을 다듬을 필요도 없고, 구두점을 빼먹거나 맞춤법이 틀려도 개의치 말자. 자유쓰기는 국어 선생님이 아니라 나 자신을 위해 하는 것이다.

셋째, 자유쓰기는 정확하다. 생각을 뭉뚱그려 쓰는 대신 경험의 세세한 부분을 구체적으로 표현하도록 요구하기 때문이다. 글에 집중하고 깃들기 위해 감각을 활용해야 한다.

넷째, 자유쓰기는 쉽다. 스트레스를 받거나 지나치게 복잡하게 생각할 필요는 없다. 자기회의에 빠지지 말고 매끄럽게 다듬으려고도 들지 말자. 제대로 쓰고 있는지 고민할 필요도 없다. 이런 글에는 오답이 없기 때문이다. 그냥 빠르게, 내 생각을 그대로 쓴 다음 결과를 지켜보자.

소설가 겸 시인인 줄리아 카메론은 텅 빈 종이에 자유롭게 글을 써보라고 권한다. 창의력을 일깨우기 위한 12주 워크숍 및 동명의 저서 《아티스트 웨이》에서 카메론은 '모닝페이지'를 중요한 습관으로 꼽는다. 하지만 창의력보다는 업무능력을 키우기 위한 수단으로 자유쓰기를 활용할 경우에는 '일단 첫 마디'로 시작하는 것이 더 편리하다. 책 뒤에 '일단 첫 마디'의 목록을 실어 두었지만, 여러분의 머릿속에 떠오르는 의문이라면 무엇이든 '일단 첫 마디'로 활용해도 무방하다.

채워야 하는 목표량은 없다. 지켜야 할 규칙은 단 하나, 계속 써야 한다는 것뿐이다. 펜을 멈추고 생각하기 시작하면 흐름을 놓치게 되기 때문이다. 손으로 글을 쓰면 키보드를 두드릴 때보다 뇌가 효과적으로 활성화되며, 눈앞의 글이 모두 완성된 것 같은 착각에 빠진다든가 편집하고픈 유혹에 흔들릴 일도 없다. 그뿐 아니라 화살표를 그리고, 중요한 부분에 동그라미를 치고, 중간에 그림을 그릴 수도 있다(자세한 내용은 12장을 참고하기 바란다). 모두 컴퓨터보다는 종이와 펜을 이용할 때 손쉽게 할 수 있는 일들이다.

미리 말해두지만 글을 쓰기 시작한 뒤 2분, 3분, 때로는 4분이 지날 때까지도 아무 효과가 없는 것처럼 느껴질 수 있다. 자연스러운 현상이니 계속 써나가자. 녹슨 펌프를 오랜만에 작동시키기는 쉽지 않다. 처음에는 벌건 녹물만 나오는 것이 당연하다. 하지만 계속 펌프질을 하면 갑자기 마법처럼 맑은 물이 뿜어져 나온다. 짧게는 몇 초에서 길게는 몇 분이 걸릴 수도 있다. 그러나 장담컨대 계속 쓰다 보면 머릿속의 녹이 모두 쓸려 나가고 맑고 명료하며 반짝이는 물줄기가 쏟아져 나올 것이다.

탐험과제 설명은 여기까지 해두자. 이제 연습장, 연필이나 펜, 6분 간 방해받지 않을 장소(화장실이라도 상관없다)를 준비하자. 종이 윗부분에 '일단 첫 마디'를 적자. "내가 지닌 최고의 장점은…"이라고 쓰면 된다. 그런 다음 타이머를 6분에 맞추고 첫 마디에 이어 머릿속에 떠오르는 생각을 최대한 빠른 속도로 써나가자.

시간이 지나고 타이머가 울리면 휘갈겨 쓴 내용을 다시 읽고 어떤 일이 일어났는지 확인해 보자. 과거로 돌아가 내 장점의 뿌리를 찾았을 수도 있고, 장점이 미래의 성공에 어떤 도움이 될지 썼을 수도 있다. 어떤 의외의 내용이 튀어나왔는지 천천히 살펴보자. 알게 된 사실 중에서 쓸모 있는 내용과 그렇지 않은 내용을 가려보자. 더 생각해 보아야 할 부분이 있는지 검토하자. 새로이 깨달은 사실을 바탕으로 어떤 행동을 해야 할지 생각해 보자. 시간이 있으면(그리고 골치가 아파오지 않는다면) 이런 아이디어를 바탕으로 전력질주 글쓰기를 한 번 더 해보는 것도 좋다.

자유쓰기에 익숙해지는 것은 탐험쓰기를 실천하는 데 필수적이다. 그리고 자주 할수록 더 쉽고 자연스러워진다(세상 일이 다 그렇듯 말이다). 이어지는 장에서 다양한 방식으로 자유쓰기를 연습해 볼 것이다. 여기서는 우선 센스메이킹의 초점을 내가 아닌 다른 사람, 특히 나를 미치게 만드는 사람들에게 돌려보자.

공감능력

　　　　　　콜린스 영어사전은 공감능력을 '타인의 느낌과 감정을 자신의 것처럼 공유하는 능력'이라 정의한다.[6] 공감능력은 타인의 입장을 배려하고 인류애를 실천하는 데에만 필요한 것이 아니다. 의외로 업무능력과도 깊이 연관되어 있다. 구글은 성공적인 팀장의 조건을 파악하기 위한 '산소 프로젝트'와 조직문화를 개선하기 위한 '아리스토텔레스 프로젝트'를 진행한 결과 높은 성과를 올리는 직원과 팀의 주요 특성이 바로 공감능력이라는 사실을 밝혀냈다.[7]

　　의미 있는 일이 으레 그렇듯이 공감능력을 기르는 데에도 시간과 노력을 투자하는 노력이 필요하다. 자기 일에 정신이 팔려 다른 사람의 입장은 고려하지 못하는 사람이 많은데, 놀라운 성과는 다른 사람과 공감할 때 얻을 수 있다. 그러니 나와 본질적으로 잘 맞지 않는 것 같은 사람과도, 앞으로 더 끈끈한 관계를 맺고 싶은 사람과도 공감하려고 노력해 보자.

　　공감능력을 발휘하려면 상상력을 도약시켜야 하는데, 이때 센스메이킹의 일환인 이야기를 만들어나가는 본능이 훌륭한 디딤대 역할을 해준다. 탐험쓰기를 하는 동안, 공감하고 싶은 상대의 경험과 시각을 상상해 보면서 상황을 해석하고 가능성을 발견하다 보면 그 사람에 대한 내 생각까지도 바뀔 수 있다. 말해두지만 여기서 그 사람의 감정, 동기, 경험에 대한 나의 생각이 옳은가는 중요하지 않다. 내 생각이 옳은지 아닌지는 알 수 없다(솔직히 말해서 나 자신의 감정이나 동기에 대해서도 정확히 알기는 어렵다). 공감 연습의 의의는 상대의 시각에서 생각해 봄으로써 그 사람을 폭넓고 배려가 담긴 태도로 이해하는 데 있다. 이런 연습은 까다로운 인간관계를 풀어나가는 데 놀랄 만큼 도움이 된다.

(탐험과제) 공감능력을 기르는 데 유용한 '일단 첫 마디'로는 머릿속에 떠오르는 사람이 최근에 보낸 메시지나 이유는 모르지만 왠지 머릿속을 맴도는 말 등을 활용하면 된다. 어쩐지 도전적으로 느껴지거나 거슬려서 기억에 남았을 수 있다. 그 말을 떠올린 다음 그 아래 숨겨진 무언가에 관해 자유쓰기를 해보자.

상대는 무엇을 필요로 하고, 또 어떤 부분에서 두려움이나 좌절감을 느낄까? 어떤 목표를 달성하려고 하는 걸까? 상대는 내가 어떤 행동이나 반응을 보일 거라 예상할까? 이 일은 상대에게 왜 중요할까? 정확한 사실은 절대 알 수 없으리라는 점을 잊지 말되, 호기심 많은 탐험가의 마음가짐을 가지고 내가 아니라 상대에게 초점을 맞춰보자.

글을 쓴 뒤에는 잠깐 다시 읽고 생각해 보자. 머릿속에 맴돌던 말에 대한 인상이 어떻게 바뀌었을까? 일상이나 직장에서 이런 식의 공감실험을 습관적으로 해본다면 어떨까?

이런 연습은 '귀인편향'을 뒤집기 때문에 효과적이다. 귀인편향이란 남이 잘못된 행동을 할 때에는 상대의 성격이나 기질 때문이라 여기고 자신이 잘못된 행동을 할 때에는 상황 탓이라 여기는 것을 말한다. 예를 들면 내가 누군가를 퉁명스럽게 대했던 일에는 '그날 아침에 너무 바쁘고 스트레스를 받아서 그랬던 거야'라고 핑계를 대고, 누군가가 내게 퉁명스럽게 대했던 일에는 '아니, 정말 무례한 사람이군'이라고 생각하는 것이다. 다른 사람의 입장에 서서 생각하는 연습을 하면 이런 편향에 빠지지 않고 상대방을 긍정적으로 생각하게 된다. 내가 모르는 사정이 있었을지도 모른다고 생각하고 부정적인 편견을 놓아 보낼 수 있다. 공감하는 태도로 주변 사람을 바라보는 습관을 기르고, 상대방이 왠지 짜증 나는 행동을 할 때는 그 사람이 무례하거나 이기적이거나 바보 같아서 그렇다고 생각하는 대신 상황 때문이라 생각하자. 그러면 여러분의 인간관계는 완전히 바뀔 것이다.

관점 바꾸기

위에서 했던 공감훈련은 일종의 '관점 바꾸기' 작업이다. 무언가에 관한 나의 생각과 감정을 전환하기 위해 그것을 바라보는 나의 관점을 바꾸는 것이다. 관점 바꾸기는 현대 인지행동치료의 근간이 되는 요법으로, 마르쿠스 아우렐리우스의 시대까지 거슬러 올라가는 깊은 뿌리를 지니고 있다. 아우렐리우스는 말했다. "상처의 감각을 거부하면 상처 자체가 사라진다."[8]

탐험쓰기에서 이루어지는 센스메이킹 또한 같은 맥락이다. 경험을 의도적으로 다르게 해석하는 것이다. 모호하게 느껴진다면 우선 시도해 볼 만한 간단한 테크닉을 소개한다. 바로 '가정법적으로 생각하기'이다.

가정법으로 관점 바꾸기

사실과 다른 상상을 할 수 있는 것은 인간이 지닌 슈퍼파워 중 하나다(물론 사실을 거스르는 상상을 하다 보면 상황이 다르게 흘러가거나 다른 결정을 내렸다면 어땠을지 계속 생각하게 되기에 저주이기도 하다). 가정법적 사고는 대개 중립적이지 않으며, 보통 상향적인 가정법 사고와 하향적인 가정법 사고로 나뉜다.

상향적인 가정법 사고는 '어떻게 했더라면 더 나은 상황이 펼쳐졌을까'를 상상하는 것이다. 대개 '만약 ~했더라면'이라는 구절이 들어간다. 미국의 시인 존 그린리프 휘티어John Greenleaf Whittier가 시적으로 말했듯 "혀와 펜이 표현할 수 있는 모든 슬픈 단어 중에서 가장 슬픈 것은 '그랬더라면'이다."[9]

'만약 우산을 가져왔더라면'과 같은 사소한 생각에서부터, '그 사람이 그 비행기를 타지 않았더라면'처럼 깊은 슬픔의 원인에 이르기까지, 상향적인 가정법 사고의 범위는 매우 넓다. 다니엘 핑크는 《후회의 재발견》에서 상향적인 가정법 사고를 살펴보고 이런 생각은 너무나 흔하다는 사실을 재확인했다. 사람이라면 후회하게 마련이다.

　'만약 ~했더라면'이라는 말은 우리를 무너뜨릴 수도 있다. 과거의 순간은 절대 다시 돌아오지 않기 때문이다. 그때 했었더라면 좋았을 일을 하기에는 이미 늦었다. '만약 ~했더라면'이라고 생각하면 항상 마음이 무거워진다. 그러나 핑크는 후회가 지닌 힘 덕분에 그 말이 더 나은 행동의 씨앗이 될 수 있다고 본다. 내 마음속에 남아 있는 후회는 내가 중요하게 여기는 것이 무엇인지 깨닫는 열쇠이고, 다음에 더 나은 의사결정을 하는 데 도움이 된다. 목소리를 내거나, 대담해지거나, 우산을 잊지 않게 해주는 것이다.

　이와 반대되는 것이 하향적인 가정법 사고다. 이런 사고는 '적어도'라는 단어로 시작된다. '적어도 장대비가 퍼붓는 건 아니니까', '적어도 사랑한다고 말할 수 있었으니까'처럼 더 나쁜 상황을 상상하고 위안을 얻는다. 이런 종류의 사고는 무거운 기분을 누그러뜨려 주지만 자칫하면 뼈저린 교훈을 얻지 못하게 방해할 수도 있다.

　탐험쓰기에서는 두 종류의 가정법 사고를 모두 유용하게 활용할 수 있다.

　（탐험과제）　우선은 상향적인 가정법 사고를 시험해 보자. 타이머를 딱 1분에 맞추고 '만약 ~했더라면'으로 시작되는 문장을 가능한 한 많이,

빨리 써보자. 멈춰서 생각하지 말고, 자기검열도 하지 말고, 너무 사소하거나 고통스러운 일이라며 머뭇거리지도 말자.

대부분의 사람들은 웃음이 나는 사소한 후회에서부터 마음을 추스르기 어려운 깊은 후회에 이르기까지 다양한 문장을 써낸다. 이 문장은 다음 탐험의 원료가 된다. 다음 두 가지 탐험을 모두 해도 좋고, 원하는 것을 골라 하나만 해도 괜찮다.

(탐험 1) '만약'과 '적어도'를 바꾸는 탐험이다. 정신적 회복탄력성을 키워주는 짧은 사고실험으로, 필요에 따라 매일 즉석에서 해볼 수 있다. 그다지 심각하지 않은 후회에 가장 효과가 좋지만, 주의를 기울인다면 심각한 문제에도 활용할 수 있다. '만약'으로 시작되는 말 중 하나를 골라 하향적인 가정법 사고로 바꿔보자. 아래 예시를 참고하면 된다.

- 전송 버튼을 클릭하기 전에 메일을 확인했더라면 →
  적어도 회사 전체에 발신한 건 아니니까.
- 그 남자는 영 아니라고 다들 말해줄 때 귀담아 들었더라면 →
  적어도 결혼까지는 안 갈 정도의 정신은 있었으니까.
- 발표에 대비해서 정확한 수치를 잘 알아뒀더라면 →
  적어도 다음에는 똑같은 실수를 하지 않을 테니까.

단순한 말장난처럼 보일 수도 있지만 이런 탐험이 회복탄력성과 웰빙에 미치는 긍정적 영향은 어마어마하다. 너무 안일한 것 같다고 생각하거나, '적어도'로 시작하는 위로의 말을 건네는 사람의 얼굴에 주먹을 날리고픈 충동을 느껴본 독자가 있을지도 모르겠다. 하지만 '적어도'로 시작되는 말은 '~했더라면'이라는 말만큼이나 진실되고 의미 있으며, 위로뿐 아니라 에너지를 전해줄 수도 있다.

참고: 이런 말은 나 자신을 위해 할 때 가장 효과가 좋다. 주변 사람들에게도 가정법 사고를 해보도록 권하자('가정법 사고'라는 단어를 쓰지는 않더라도 전반적인 원리만 설명하면 된다). 하지만 상대가 아직 '~했더라면'에 집착하고 있는 상태에서 '적어도'라는 생각을 강요한다면 도움이 되기보다는 상처를 줄 수 있으니 주의하자.

(탐험 2) 두 번째 탐험은 기분을 좋게 만드는 대신 잠시 후회 쪽으로 더욱 가까이 다가가서 교훈을 얻는 것이다. 처음 썼던 '~했더라면'으로 시작되는 문장 중 하나를 고르자. 그 문장에서 무엇을 배울 수 있을까? 그 문장은 오늘 내게 어떤 의미일까? 그 말에 비추어, 내일은 어떻게 다른 방식으로 행동할 수 있을까?

'~했더라면'이라는 말을 시작으로 솔직하게 글을 써보면 종종 완성된 글이 기나긴 핑계에 지나지 않는다는 사실을 깨닫게 된다. '시간이 좀 더 많았더라면…', '일을 도와줄 사람을 찾을 수 있었더라면…' 이런 말은 사실 후회가 아니라 연막이다. 솔직히 말해서 나 또한 진짜 문제는 그 아래 숨겨져 있다는 것을 자주 깨닫곤 한다. 내면의 두려움이나 우선순위를 제대로 판단하지 못하는 것 등이 그 예다. 그런 문제는 일단 파악하고 나면 해결책을 찾을 수 있다.

사실 탐험쓰기의 모든 방면이 일종의 센스메이킹이다. 하지만 그 이야기를 시작했다가는 말이 너무 길어질 테니 이쯤에서 탐험쓰기를 이끄는 또 하나의 중요한 길잡이, 즉 '탐구'에 관해 알아보도록 하자.

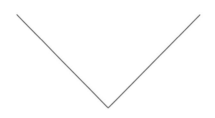

7장

좋은 질문으로
탐구하기

'탐구^{inquiry}'란 아직 답을 모르거나 이미 답을 알지만 다시 생각하고 싶을 때 질문을 던지는 행동을 가리킨다. 이는 호기심이 자신을 표현하는 방식이며, 3장에서 잠깐 보았듯이 호기심은 곧 모든 탐험의 핵심이다.

하지만 대부분의 경우 우리는 리더나 전문가로서 또는 교사, 부모, 배우자, 친구로서 답을 찾는 일에 매달린다. 주변 사람들은 우리의 전문지식과 경험에 기대고자 우리에게 질문하고, 전문분야에 대해 자신 있게 답할 수 있는 능력은 한 사람의 지위와 자아상의 바탕이 된다. 그래서 때로 질문은 골칫거리다. 특히 직장에서 문제는 좀 더 심각해진다.

질문보다 답을 더 많이 알고 있는 자신의 전문분야에 머무는 동안에는 편안함을 느끼고 효율적으로 일할 수 있다. 한 분야에 1만 시간을 투자해서 전문지식을 갖추었는데 웬 풋내기가 와서 의문을 제기하면 기분이 썩 좋지는 않을 것이다. 바이올린 제작처럼 정적인 기술이라면 숙달된 사람의 의견을 그대로 따르는 것이 맞다. 바이올린 공방의 도제가 되었다면 첫날부터 새로운 제안을 하기보다는 입을 다물고 스승이 바이올린 만드는 과정을 지켜보아야 할 것이다.

그러나 21세기의 업무는 바이올린 제작과 다르다. 모든 것을 전복시키는 변화의 속도가 너무 빠른 탓에, 이미 잘 알고 있는 지식의 범주 안에서 늘 하던 일을 하고 몸에 밴 생각을 하며 편안하게 웅크리고 있다가는 언젠가 내가 알던 지식과 나 자신이 더 이상 돌이킬 수 없을 만큼 도태되었다는 사실을 깨달을 날이 올 것이다. 해결책은 하나다. 질문할 거리를 찾아내고 질문하는 기술을 닦아야 한다. 더 그럴듯하게 표현하자면 '탐구'다.

누구나 이런 일을 썩 잘 해내는 시기가 있다. 만 2세에서 5세 사이에 평균적으로 아이는 약 4만 개의 질문을 던진다.[10] 아이는 커가면서 단순한 사실보다는 긴 설명을 요구한다(나도 아이를 키우기 전에는 아이들이 끝없이 던지는 '왜'라는 질문에 성심껏 답해주겠다고 결심했었다. 나름 노력도 한 편이다. 하지만 솔직히 말해 좀 피곤한 일이었다). 《우리 아이의 머릿속》을 쓴 행동심리학자 앨리슨 고프닉이 말했듯 "젖먹이와 어린아이들은 인류의 연구개발 부서와 같다."[11] 아이들은 정말이지 세상의 모든 것에 의문을 품는다.

그러나 학교에 입학한 뒤에는 대개 질문이 줄어든다. 교사는 질문을 받기보다 던지는 편을 선호한다. 수업목표를 달성하고 시험도 대비시켜야 하니 당연한 일이다. 대부분의 교실에서는 정해진 교과과정을 벗어나 호기심을 탐색하는 데 쓸 여유시간이 없다. 이런 상황은 적어도 진보적인 학교에서는 변화하고 있는 중이다. 아이들이 효과적으로 수업을 이해하고 기억하는 데 도움이 되는 탐구기반학습(아이들이 스스로 질문하고 답을 찾는 것)이 각광받고 있는 것이다. 학생의 연령이 높아지면 프로젝트를 어떻게 처리했는지, 다음에는 어떤 점을 바꿔볼 것인지 등을 반추하도록 장려하는 경우가 많다. 그 과정에서 다음과 같은 추가조사가 이루어지기도 한다. 해당 문제와 관련된 최신 소식은 무엇인가? 남들은 어떻게 문제를 해결했는가? 그 해답이 제기하는 추가적인 질문은 무엇인가?

하지만 회사라는 환경 안에서는 어린 시절의 자연스러운 호기심도, 학습환경에서 효과적 사고와 행동을 계발하는 방법에 관한 연구결과도 설 자리가 없는 것 같다. 그렇다고 해서 방법이 없는 것은 아니다. 나 자신과 동료들을 위해 사무실에 탐구심을 슬쩍 들여올 수 있다. 《최고의 선택을 위한 최고의 질문》의 저자 워런 버거는 MIT미디어랩 소장이자 《나인》의 저자 조이 이토가 남긴 말을 예로 들어 '질문하는 기술'이야말로 21세기 직장에서 필수적으로 갖추어야 할 능력이라 주장했다.

(어렸을 때뿐 아니라) 평생 배우라고 종용하는 새로운 현실을 받아들이려고 애쓰면서, 우리는 어린 시절 우리에게 많은 도움을 주었던 호기심, 놀라움, 새로운 것을 시도해 보고픈 마음, 적응하고 흡수하는 능력의 등불을 유지하거나 다시 켜기 위해 노력해야 한다. 이를테면 유형성숙을 해야 하는 것이다(유형성숙이란 성인기에 아이 같은 특성을 유지하는 것을 가리키는 생물학적 용어다). 그러려면 아이들이 어린 시절 잘 쓰는 도구, 바로 질문을 재발견해야 한다.[12]

코치와 더불어 일한 적이 있다면 질문은 곧 자기발전의 도구라는 사실을 익히 알고 있을 것이다. 능력 있는 코치는 답을 내놓기보다는 좋은 질문을 던져서 문제가 무엇인지 이해하고 스스로 해결책을 내놓도록 이끈다. 그러나 아쉽게도 항상 코치와 함께할 수는 없다. 탐험쓰기를 하면서 제대로 된 질문을 던지는 법을 익히면 갑갑한 상황에서 낮이건 밤이건 가리지 않고 나 자신의 코치가 될 수 있다. 《나를 코치하라You Coach You》의 저자 헬렌 터퍼Helen Tupper와 세라 엘리스Sarah Ellis가 말했듯, 나 자신의 코치가 되려면 '나를 잘 알고, 긍정적 행동을 이끌어 내기 위해 스스로에게 질문을 던지는 기술'을 연습하면 된다.[13]

탐구에서 가장 기본은 내가 던지는 질문이다. 모든 질문이 동등한 가치를 지닌 것은 아니다. 살면서 '개방형 질문'과 '폐쇄형 질문'에 대해 한 번쯤 들어보았을 것이다. 학교에서 돌아온 아이에게 "오늘 하루 즐거웠니?"라고 물어보면 돌아오는 답은 짧은 웅얼거림이 전부인 경우가 많다. 그런 질문을 던졌으니 당연한 일이다. 하지만 "오늘은 뭐가 재미있었어?"처럼 흥미로운 개방형 질문을 던지면 훨씬 재미있는 답이 돌아온다.

물론 나쁜 질문도 있다. 그 생각을 하면 여전히 낯이 뜨거워진다. 10대 시절 나는 엄마에게 "왜 맨날 모든 걸 망쳐버리는 거야!"라고 소리친 적이 있다. 당연한 말이지만 그런 질문에 딱히 대꾸할 말은 없다. 상처만 남을 뿐이다. 사람들은 대부분 사춘기를 지나면서 남에게 그렇게 말하면 안 된다는 것을 배운다. 하지만 이유는 몰라도 자기 자신에게는 여전히 그런 식으로 말하는 경우가 많다. '대체 난 뭐가 문제지?', '왜 허구한 날 일을 망쳐버리는 걸까?'

이런 질문이 강력한 이유는 2장에서 보았듯이 뇌는 질문을 받으면(어떤 질문이든 상관없다), 본능적으로 정교화 반사가 일어나 곧장 답을 내놓으려 하기 때문이다. 본능적 정교화는 저주가 될 수도, 슈퍼파워가 될 수도 있다. 모든 것은 나 자신에게 던지는 질문에 좌우된다. '나는 왜 이렇게 쓸모없는 인간일까?'처럼 좋지 않은 질문은 뇌가 그에 대한 근거와 생각을 찾아내서 질문에 답하도록 내몰아 버린다. 그러나 알다시피 내가 왜 쓸모없는 인간인지를 뒷받침하는 근거는 인생을 제대로 사는 데 그다지 도움이 되지 않는다. 세계적인 동기부여 전문가 토니 로빈스**Tony Robbins**가 말했듯 "성공하는 사람들은 더 나은 질문을 하고, 그 결과 더 나은 답을 얻는다."[14]

그럼 이제 탐험쓰기를 통해 나 자신과 다른 사람들에게 더 의미 있는 질문을 던지고 유용한 답을 얻어내는 방법을 하나씩 알아보자.

마을회의를 열어라

탐험쓰기를 활용해서 더 의미 있는 질문을 도출하는 방법 중 하나는 '마을회의'를 여는 것이다. 내가 운영하는 팟캐스트에서 《쓴다는 것의 즐거움The Joy of Writing Things Down》의 저자 메건 헤이즈와 대화를 나눈 뒤, 이 테크닉에 '마을회의'라는 이름을 붙이게 되었다. 헤이즈는 말했다. "사람들은 자신이 단일한 이성적 주체라 믿고, 어떤 생각이나 상황에도 일관되게 반응할 거라 생각하죠. 하지만 사실 우리 안에서는 항상 다양한 반응이 일어나고 있답니다."

예를 들어보자. 다음 주에 회사에서 중요한 발표를 해달라는 부탁을 받았다고 치자. '그 일에 대해서 나는 어떤 기분이 들까?'라고 자문하면 즉각적으로 튀어나오는 답은 '긴장돼 죽겠어! 최악이야! 어떻게 거절하지?'일 것이다. 하지만 주의 깊게 살피고 의식적으로 자문해 보면 내 머릿속에는 그보다 훨씬 다양한 목소리가 있다는 사실을 깨닫게 된다. 제안을 받게 되어 들뜨기도 하고, 발표를 하면 어떤 기분일까 호기심이 고개를 들 수도 있으며, 마음 한쪽에서는 벌써 아이디어를 어떻게 정리할지 계획을 세우기 시작했을지도 모른다. 사람은 누구나 심리학에서 이름 붙인 대로 '자아의 사회'인 존재이기 때문이다.

> 일단 나 자신과 대화를 시작하고 나면, 내 안에 여러 캐릭터가 있고 내가 할 일은 그들을 통합하는 역할이라는 사실을 깨닫게 돼요. 모든 목소리를 한줄기로 만들어내는 CEO 역할을 맡는달까, 마을회의를 진행하는 것과 비슷하죠. 그리고 이렇게 다양한 목소리를 듣게 되면 훨씬 창의적인 해결책에 도달할 수 있답니다. 글쓰기는 내면의 목소리를 듣는 과정에 큰 도움이 되지요.[15]

큼직하고 부정적인 감정은 조용하고 호기심 많으며 사려 깊은 목소리들을 묻어버리고는 한다. 그러나 체계적으로 나 자신에게 질문을 던지면 머릿속의 작은 목소리를 듣고 생각을 넓힐 수 있다.

복잡하고 뒤죽박죽인 내면의 목소리들을 모아놓고 나만의 마을회의를 열 때, 나는 먼저 가장 시끄러운 목소리에 마이크를 내준다. 대개 '두려움'의 목소리가 가장 큰데, 두려움은 들어달라고 목소리를 높이기 때문에 일단 두려움이 하는 말을 듣기 전까지는 다른 데 집중하려고 애써 봤자 소용없기 때문이다. 두려움은 대개 '일단 첫 마디'를 필요로 하지 않는다. 때로는 지레 기운이 빠질 때까지 하소연을 하도록 내버려 두는 것만으로도 충분하다. 그러고 나면 두려움이 얼마나 보잘것없고 아무 도움도 안 되는 감정인지 깨닫게 된다.

바로 그때 비로소 마법 같은 순간이 찾아온다. 내면의 다른 목소리가 마이크를 넘겨받을 기회가 생기는 것이다. 두려움은 지쳐서 나가떨어지고, 일을 진전시킬 아이디어를 몇 가지 갖고 있는 내면의 연구원이 마이크를 쥔다. 그러면 나는 묻는다. "네 생각은 어때?"

(탐험과제) 나만의 마을회의를 열어보자. 지금 스트레스를 주거나 내 능력으로는 버겁다고 여겨지는 상황을 떠올리자. 종이 맨 위에 '~안건에 관한 마을회의'라고 쓰면 된다. 최초의 발언은 본능적 반응(두려움 또는 내면의 자아비판 전문가)이 하도록 두자. 그리고 발언이 끝나면 좀 더 조용한 목소리를 연단에 올려서 묻자. "그쪽은 어떻게 생각하나요?" 뇌 안에는 대개 다음과 같은 목소리들이 있고, 글을 쓰는 과정에서 더 다양한 내면의 인물들이 나타나기도 한다.

- 연구원
- 어린아이
- 부모
- 교사
- 팀장
- 반항아

- 예술가

- 탐험가

- 미래의 나

- 그 외

　　내면의 다양성을 발견하면 그 자체로 묘하게 자유로운 기분이 든다. 미국의 유명 시인 월트 휘트먼**Walt Whitman**이 무심하게 말했듯, "나는 나 자신과 모순되는가? 좋다, 나는 나 자신과 모순되게 하리라(나는 넓은 사람이고, 내 안에 여러 세상을 품고 있다)."**16**

　　마을회의 결과 발견한 내면의 목소리가 아무리 다양해도 이 역시 나 자신의 일부라는 사실에는 변함이 없다. 탐험쓰기는 대부분 혼자서 하는 활동이니 당연한 일이다. 하지만 그렇다고 해서 남이 개입할 여지가 없는 것은 아니다(물론 상대방은 탐험쓰기에 동참했다는 사실을 모를 수도 있다). 상상으로라도 누군가에게 질문을 던지는 것은 인지적 쳇바퀴에서 벗어나는 효과적인 심리적 수단이다.

개인코치를 초빙하라

　　　　　　　　요즘은 책, 블로그, TED 강연, 기사, 라이브 영상 등 다양한 방법으로 남의 머릿속에 든 생각을 들여다볼 수 있다. 이런 콘텐츠를 단순히 소비하는 데 그치지 않고 질문 기반 접근법을 이용해서 유명 저자나 강연자를 나만의 코치로 초빙하면 어떨까?

(탐험과제) 이 탐험은 무척 재미있다. 우선 최근에 생각의 씨앗이 되어준 책이나 영상, 기사 등 특히 마음에 들었던 콘텐츠를 고르자. 6분간 전력질주 탐험쓰기를 할 때는 짧은 시간 동안 집중해야 했지만, 이번에는 양질의 콘텐츠를 만날 때마다 즐겁고 지속가능한 속도로 쓰면 된다.

종이 가운데에 세로로 선을 긋자. 콘텐츠의 저자나 강연자의 이름을 왼쪽 위에 써두자. 평소와는 달리 타이머를 3분에 맞춰두자. 3분 동안 여러분이 찾아낸 자료에 집중하자. 자료를 읽거나 듣는 동안 중요하게 여겨지는 내용을 왼쪽 칸에 메모해 두자(학생의 입장에서 나중에 해당 자료에 관한 글을 써야 한다고 상상해도 좋다).

타이머가 울리면 왼쪽 칸에 메모가 한두 줄 적혀 있을 것이다. 여기까지는 일반적으로 강연이나 회의에서 필기를 하는 것과 같다. 하지만 지금부터는 다르다. 이제 단순히 아이디어를 소비하는 대신, 질문을 활용해서 능동적으로 새로운 아이디어를 만들어나갈 것이다.

지금까지 다룬 내용을 바탕으로 각자 써보고 싶은 글이 있을 수도 있다. 그렇다면 잠시 책 읽는 것을 멈추고, 생각이 머릿속에 신선하게 살아 숨쉬는 동안에 탐험쓰기를 시작해도 좋다. 하지만 '일단 첫 마디'가 필요하다면 오른쪽 칸의 맨 위에 단순하면서도 심오한 질문을 쓰자. '이것은 내게 어떤 의미가 있을까?'

그런 다음 다시 3분간 타이머를 맞추자(가능하다면 더 오래 써도 문제없다). 그리고 내 옆에 콘텐츠의 저자나 강연자가 앉아서 나를 일대일로 코치해 준다고 상상해 보자. 이들이 방금 강연이나 글에서 펼친 주장은 내 상황에 어떻게 적용될까? 이들은 내가 처한 상황을 보고 어떤 말을 해줄까?

물론 그 사람들이 실제로 어떤 조언을 할지는 알 수 없지만, 상상 속에서 그들과 대화하고 그들의 관점에 이입하기만 해도 기존의 관점을 벗어나 새로운 아이디어에 마음을 열 수 있다. 그리고 그 순간, 마법은 시작된다.

미래의 나에게 물어라

탐험쓰기를 활용하면 위대한 사람들에게 코칭을 받는 데서 한 걸음 더 나아가 더욱 강력한 멘토와도 만날 수 있다. 그 멘토는 바로 '미래의 나'다.

해리 포터를 좋아하는 독자라면 《해리 포터와 아즈카반의 죄수》에서 시간여행을 한 해리가 과거 자신이 호숫가에서 디멘터에게 공격받는 모습을 지켜본 장면을 기억할 것이다. 해리는 마법을 써서 자신을 구해준 인물이 아버지라고 생각했기에 그가 나타나기를 기다린다. 그러다가 자신이 공격받는 동안 호수 건너편에 희미하게 보였던 것은 아버지가 아니라 바로 자신이었다는 사실을 불현듯 깨닫는다. 그래서 스스로 패트로누스 마법을 걸어

자신을 구한다. 나중에 친구 론이 어떻게 성공했는지 묻자 해리
는 이렇게 대꾸한다. "할 수 있다는 걸 알고 있었어…. 이미 해봤
으니까."[17]

시간여행을 다룬 소설이 그렇듯 꽤 복잡하지만 최고의 소설
답게 설득력 있는 논리다. 여러분이 해리 포터의 팬이 아니라도,
'미래의 나'는 '현재의 나'에게 힘을 실어줄 놀라운 능력을 갖고
있다는 말에 어느 정도 공감할 것이다.

'현재의 나'가 막막한 상태에 처해 있다면 지금 당장 혼자서
문제의 해결책을 찾아낼 가능성은 낮다. 해결책을 쉽게 낼 수 있
는 문제라면 애초에 막막하지도 않았을 테니까. 하지만 '미래의
나'라면 어떨까? 미래의 나는 이미 이 문제를 해결한 경험이 있
다. 이제 어떻게 해결했는지 물어보기만 하면 된다. 어찌 보면 심
리트릭 같지만 효과만큼은 확실하다. 미래의 나에게 그의(즉 나
의) 습관, 인간관계, 일상, 우선순위, 성취 등에 관해 물어보는 것
도 가능하다.

이번 탐험은 자유쓰기, 공감, 질문 등 여러분이 이미 익힌 능
력과 더불어 '시각화'라는 강력한 심리적 도구를 활용한다. '시각
화'란 실제는 아니지만 그에 못지않게 유용한 '상상'에 접근하도
록 해주는 도구다.[18]

이번 탐험에서 중요한 것은 두 가지다. 첫째, '제대로 된' 미
래의 나, 내가 지닌 잠재력과 의지를 모두 발휘한 나를 만나야 한
다는 것이다. 나의 미래에서 도움을 받으려면 가장 가르쳐줄 것

이 많은 버전의 나를 고르는 게 바람직할 테니까. 둘째, 탐험을 진행하는 동안에는 '미래의 나'를 남처럼 생각하지 말고 직접 미래의 자신이 '되어야 한다'. 그러므로 1년, 2년, 5년, 어쩌면 20년 뒤의 나에 대해 쓰더라도 항상 현재시제로 글을 쓰도록 하자. 그리고 지금의 내가 겪는 난관은 과거시제로 쓰자. 내가 이미 극복한 과제, 과거에 해낸 일이라 생각하는 것이다.

이런 탐험은 그냥 해도 되지만 눈을 감은 채 시각화에 도움이 되는 길잡이와 함께 진행하면 큰 도움이 된다. 웹사이트 www.exploratorywriting.com에 실린 글의 녹음본을 들어도 좋고, 아래의 길잡이를 읽고 글쓰기를 시작하기 전에 몇 분간 풍경을 머릿속에 그려보아도 좋다.

천천히, 깊게 숨을 들이마시고… 조용히, 완전히 내쉬자. 에너지가 차분해지고 느려져서 시작할 준비가 되었다고 느껴질 때까지 충분히 반복하자.

이제 여러분이 집 앞에 서 있다고 상상해 보자. 생전 처음 보는 집이지만 왠지 이곳이야말로 미래의 내가 행복한 삶을 보낼 집이라는 느낌이 든다. 잠시 집을 바라보자. 무엇이 보이는가? 어디에 있는가? 주변에는 무엇이 있는가? 무엇이 들리고, 느껴지고, 어떤 냄새가 나는가? 감각을 음미하면서 집의 문을 향해 걸어가자. 그리고 가볍게 두드리자. 몇 초 뒤 문이 열리고 미래의 나와 마주한다. 미래의 내가 나를 알아보고 애정이 담긴 미소를 건넨다. 나 또한 마주 미소 짓는다. 이곳에서 편안하게 지내고 있는 자신을 보는 것이 너무나 멋진 일이기 때문이다.

나의 모습을 찬찬히 살펴보자. 옷차림, 기운찬 모습, 서 있는 자세 등 눈에 띄는 부분은 무엇인가? 함께 집 안으로 들어가서 창가에 앉는다. 미래의 나에게 뭐든 물어볼 수 있다는 것, 미래의 내가 솔직하게 그리고 공감과 사랑을 담아 답해주리라는 것을 안다. 이제 '현재의 나'가 마주하고 있는 문제를 어떻게 극복했는지 물어보자. 그 자리에 이르기 위해 인생에서 어떤 큰 변화를 만들어왔는지 물어볼 수도 있다. 미래의 나에게 들어야 할 가장 절실한 조언은 무엇일까? 머릿속으로 미래의 나에게 던질 제대로 된 질문을 떠올려 보자.

(탐험과제) 이제 종이 첫머리에 미래의 나에게 던지는 질문을 쓰자. 타이머를 6분에 맞추고 그 질문에 대한 답을 자유롭게 쓰자. 미래의 내가 자신의 목소리로, 자신의 관점에서 답하도록 하자.

여러분이 지금까지 해온 연습보다 감정적으로 더 수고가 드는 탐험이니 끝난 다음에는 내가 어떤 상태인지 잠시 살펴보자. 미래의 나를 만난 기분은 어떤까? 미래의 나를 보면서 가장 놀라웠던 부분은 무엇이었는가? 그것이 현재의 나에게 지니는 의미는 무엇인가? '미래의 나'의 모습에 더 가까이 가기 위해 내가 오늘 할 수 있는 행동은 무엇일까? 그 사람이 되기 위한 여유를 확보하기 위해 지금 당장 그만두어야 할 일이 있을까?

'미래의 나'는 언제든 만날 수 있다는 사실을 기억해 두자. 목표를 이루기 위한 내적 자산이 모자란다고 느껴질 때면 언제라도 모든 내적 자산을 갖춘 미래의 나를 찾아가자. 그리고 질문의 힘을 활용해서 (미래의 내가 지닌) 힘과 지혜를 빌리자.

질문 기반 탐험쓰기를 활용하면 유용한 답을 얻을 수 있을 뿐 아니라 더욱 흥미로운 질문을 떠올리게 된다. 이제 의미 있는 질문을 만들어내는 법에 대해 살펴보자.

질문스토밍

브레인스토밍이라는 익숙한 과정을 뒤집으면 재미있고 효과적인 '탐구 실험'이 된다. 문제를 해결할 만한 아이디어 대신 문제와 관련된 질문을 최대한 많이 떠올려 보는 것이다.

리더십과 혁신 전문가인 할 그레거슨Hal Gregersen은 일에 의욕이 없는 사람들과 워크숍을 진행하던 도중 우연히 이 방법을 찾아냈다. 그리고 탄탄한 방법론으로 계발한 다음 '질문대폭발question burst'이라는 이름을 붙였다. 그레거슨은 강사와 함께 여럿이서 진행하는 것이 바람직하다고 했지만, 탐험쓰기를 하는 입장에서 보면 흰 종이와 타이머만 있으면 혼자서도 충분히 시도해 볼 수 있는 테크닉이다.

답이 아니라 질문에 집중하는 과정은 상상하는 것보다 더 자유롭고 마음 편하다. 답을 낼 의무가 없이 질문만 하면 되므로 유쾌하고 부담 없다. 그레거슨이 말했듯 "답을 내놓는 것이 아니라 질문을 던지기 위한 브레인스토밍은 인지적 편견의 벽을 뚫고 미지의 땅으로 나아갈 수 있도록 돕는다."[19]

탐구에 바탕을 둔 탐험쓰기는 대개 질문에서 시작해서 가능한 답을 탐색하는 방향으로 나아가지만 질문스토밍은 도발적인 문장으로 시작된다. 도발적인 문장이 질문을 떠올리는 발판 역할을 한다. 내 경험상 그런 문장을 쓰는 데 시간과 에너지를 지나치게 많이 쏟을 필요는 없었다. 내가 지금 맞닥뜨린 문제와 관련된 문장이라면 충분히 발판 역할을 해줄 것이다.

지금까지 개인적으로 또는 다른 사람들과 함께 활용해 본 도발적인 문장 몇 가지를 소개한다.

+ 이 회사는 경쟁업체랑 다른 점이 하나도 없다.
+ 내년에는 실적을 50퍼센트 올려야 한다.
+ 현재 우리 회사의 콘텐츠 마케팅 전략은 진부하고 효과가 없다.

질문스토밍도 일반적인 브레인스토밍과 마찬가지로 질문 하나가 다른 질문으로 꼬리에 꼬리를 물고 연결된다는 것, 잘못된 질문은 없다는 것을 기억해 두자.

(탐험과제) 이제 직접 시도해 보자. 내가 처한 상황에 맞는 도발적 문장을 떠올리자. 앞에서 소개한 문장 중 어울리는 것을 골라 써도 좋다. 타이머를 6분에 맞추고 그 문장과 연관된 가능한 한 많은 질문을 떠올려 보자. '성공의 의미는 대체 무엇일까'처럼 지극히 철학적인 질문에서부터 '그 일을 처리하려면 어떤 소프트웨어가 필요할까?'처럼 현실적이고 전략적인 질문에 이르기까지 무엇이든 좋다.

타이머가 울리면 잠깐 쉬자. 머릿속에 남아 있는 생각이 있다면 한 번 더 전력질주 글쓰기를 해도 좋다. 지금까지 쓴 질문을 다시 훑어본 다음, 질문을 거르고 체로 치는 다음 단계로 나아가도 된다.

다음 단계에서는 일부 질문을 필요에 따라 축소 또는 확장시킨다. 예를 들어 '성공의 의미는 무엇일까?'를 '현재 성공의 주요 요인은 무엇인가?'로 축소시킬 수도 있고, '어떤 소프트웨어가 필요할까?'는 '우리의 시스템이 그 목적에 여전히 잘 맞는가?'라는 열린 질문으로 확장할 수도 있다. 어려울 것 같지만 그렇게 해보면 의외로 자연스럽게 질문 몇 가지를 우선시하게 될 것이다.

가장 중요한 질문 세 가지를 추리자. 그리고 그 질문을 '일단 첫 마디' 삼아 평소처럼 전력질주 글쓰기를 하면서 답을 찾아보자.

여기서는 탐험쓰기 도구로서의 질문에 초점을 맞추었지만, 사실 질문은 그보다 더 큰 의미를 지닌다. 탐험쓰기를 하면서 자유롭고 호기심 가득한 질문을 던지는 것이 얼마나 유용한지 실감했다면 일상과 직장에서도 질문을 자주 활용해 보길 바란다.[20] 습관적으로 하던 생각에서 벗어나 다른 생각을 해보도록 이끌어 주는 질문과 탐구는 8장에서 다룰 창의성과도 맞닿아 있기 때문이다.

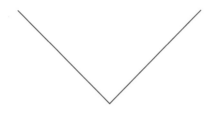

8장

지식노동을 유쾌하게 만드는
세 가지 능력

7장에서 잠깐 '유형성숙'이란 용어를 언급했었다. '성인기에도 아동 같은 특성을 유지하는 것'을 가리키는 말이다. 조이 이토는 자유롭게 질문을 던지는 아이들처럼 어른이 된 뒤에도 계속 질문하는 것이 중요하다고 주장했다.

아이들이 지닌 또 하나의 특성은 남의 눈을 의식하지 않는 창의성이다. 경험이 없기에 모든 것이 새롭고 세파에 닳은 어른들은 당연시하는 일에도 의문을 품는다. 그리고 그 덕분에 세상을 '다르게' 바라본다. 아이가 초등학교에 다닐 때, 선생님이 철학의 기초를 가르쳐 주셨나 보다 생각하고 기뻐했던 적이 있다.

"오늘은 학교에서 뭐 했어?"

"사과 이야기를 했어."

"사과?"

"응. 사과를 순서대로 늘어놨어. 진짜 사과, 사과 사진, 사과 그림, '사과'라는 낱말, 눈에 안 보이는 사과…."

'멋진데. 플라톤의 이데아론을 배웠나 보군.'

"사과가 왜 눈에 안 보였는데?"

"내가 먹어 버렸거든."

'아….'

아이디어를 생각지 못한 방향으로 이끌어 가는 것은 아이들이 지닌 가장 사랑스러운 특성이다. 그리고 그 능력은 새로운 아이디어와 듣도 보도 못한 문제가 쉴 새 없이 생겨나는 21세기에 일하는 사람이 갖추어야 할 필수적인 능력이기도 하다.

5장에서 다루었던 역량, 의사결정, 주의집중과 마찬가지로 직장에서 유쾌하게 생활하는 데에도 서로 연관된 세 가지 근본 요소가 있다. 이 세 요소 역시 모두 탐험쓰기로 강화할 수 있다. 바로 창의성, 독창성, 문제해결력이다.

창의성이란 어떤 상황에 대한 새로운 접근법을 찾는 것이다. 특정 분야의 지식을 다른 분야에 적용하는 것도 창의성에 포함된다. 독창성은 이미 존재하는 것과 질적으로 다른 무언가를 생각해 내는 것이다. 문제해결력은 창의성과 독창성을 말 그대로 문제를 해결하는 데 활용하는 것이다.

이제 탐험쓰기가 각각의 자질을 키우는 데 어떤 도움이 되는지 알아보자.

창의성

30여 년 전까지만 해도 창의적 사고는 특정 집단, 소위 크리에이티브 업계 종사자에게만 요구되는 자질이었다. 언론, 마케팅, 디자인 등 크리에이티브 업계에서 활동하는 게 아니라면, 회사에서는 고이 넣어두었다가 취미 미술교실에서나 꺼내 써야 하는 능력이 창의력이었다.

하지만 이제 창의적 사고는 더 이상 몇몇 사람들만 누리는 호사가 아니다. 조직의 리더부터 막내 사원까지 모두가 지녀야 할 주된 자질로 거듭난 것이다. 자신이 창의적인 사람이라고 생각해 본 적도 없고, 내게 얼마나 창의성이 있는지 확신하지 못하는 이들에게는 부담스러운 시대적 흐름이다. 탐험쓰기는 바로 여기서 진가를 발휘한다. 흰 종이는 창의력을 마음껏 발휘할 수 있는 안전한 장소다. 탐험쓰기를 하면 심리적 유연성을 기르고, 상황을 새로운 관점에서 바라보고 나만의 생각과 해결책을 떠올리는 능력에 자신감을 갖게 된다.

역대 최고 조회수를 자랑하는 TED 영상 중에 교육학자 켄 로빈슨Ken Robinson의 강연이 있다. 로빈슨은 교육 영역에 있어 창의성이 문해력만큼이나 중요하다고 보았다.[21] 그리고 학교와 직장은 실수에 낙인을 찍어 창의력을 저해하며, 틀릴까 봐 겁을 내면 독창적인 생각은 할 수 없게 된다고 주장했다. 탐험쓰기는 보기 좋게 실패하고 별나게 틀려도 전혀 불이익을 받지 않는 자유로운 공간을 열어준다(학교나 직장에서는 누리기 어려운 여유다). 덕분에 무언가 흥미로운 아이디어를 생각해 낼 가능성도 눈에 띄게 높아진다.

창의성은 두 아이디어가 서로 부딪쳐 새로운 관점, 지혜, 생각의 불꽃을 튀기는 '연결'과 깊은 관련이 있다. 2장에서 보았듯이 사람들은 남과 소통하겠다는 목적을 갖고 생각할 때에는 규칙적인 모형을 따른다. 쉽게 꺼내 쓸 수 있도록 생각을 깔끔하게 정돈하고 구획 짓는 것이다. 이렇게 접근하면 두 아이디어가 창의적으로 부딪칠 확률이 낮아진다. 그러나 혼란스럽고 소용돌이치고 무엇이든 자유로이 연결 짓는 뇌 안에서는 언제든 창의성이 기지개를 켤 수 있다. 필요한 것은 무작위적으로 보이는 연결고리를 (나중에 활용할 수 있게끔) 쏟아낼 공간이 충분한 종이와 날듯이 움직이는 펜뿐이다.

(탐험과제) 여러분이 나와 비슷한 타입이라면 누군가가 "창의력을 발휘해 보세요!"라고 말하자마자 당황한 나머지 뇌가 멈춰버릴 것이다. 그래서 이번 탐험에서는 먼저 후방을 공격한 뒤 다시 앞을 치는 전법을 쓰려고 한다. 보기 좋게 실패하고 별나게 틀린 방향으로 나아갈 수 있도

록 나 자신을 자유로이 풀어주는 것이다. 직장이나 집에서 겪는 골칫거리를 하나 고르자. 그리고 문제를 해결할 창의적인 방법을 떠올리려고 애쓰는 대신, 그 문제를 더욱 악화시킬 엉망진창인 생각을 6분간 자유롭게 써보자. 가령 새로운 마케팅 전략을 세워야 한다고 치자. 어떤 이미지와 광고문구를 쓰면 잠재고객이 멀찌감치 도망갈까? 마음껏 즐기자. 원 없이 터무니없는 글을 쓰고, 아무런 제지도 받지 않고 만신창이를 만들 때 찾아오는 무정부적인 유쾌함을 만끽해 보자.

6분이 지났다면 쓴 글을 한번 읽어보자. 대부분은 답이 없는 헛소리일 것이다. 그게 목표였으니 당연한 일이다. 그런 다음 이런 끔찍한 아이디어의 반대편에는 무엇이 있을지 잠깐 생각해 보자. 이렇게 거슬러 올라가면 숙고해 볼 만한 괜찮은 아이디어의 씨앗을 우연히 발견하게 될지도 모른다. (괜찮은 씨앗이 보이지 않더라도 상관없다. 쓰면서 유쾌한 기분을 즐겼다면 그것으로 충분하다.)

독창성

창의성과 독창성이 그 어느 때보다 중요한 화두인 오늘날, 남의 생각에서 '영감을 받을(즉 베낄)' 기회가 그 어느 시대보다 활짝 열려 있다는 것은 아이러니한 일이다.

신제품을 소개하는 웹페이지를 만들어야 한다고 치자. 가장 먼저 무엇을 할까? 여러분이 대부분의 사람들과 비슷하다면 우선 인터넷을 검색해 참고할 만한 것을 찾을 테다. 검색창 너머에 '빌려 쓸 만한' 아이디어는 없을까? 남들은 이런 업무를 어떻게 처리했지? 무료 템플릿은 없나? 쓸 만한 자료가 있는데 다시 만들 필요가 뭐 있어?

그러나 새로운 일을 할 때마다 가장 먼저 남이 만들어둔 것을 참조한다면 그것을 만든 사람이 중시하는 요소, 스타일, 한계, 생각에 얽매이게 될 수밖에 없다.

남의 작업을 내 작업의 출발점으로 이용하면 결과적으로 내 사고의 폭을 제한하는 결과를 낳는다. 흥정에 능한 독자라면 '닻 내림 효과'라 불리는 인지편향에 관해 익히 알고 있을 것이다. 닻 내림 효과란 구매자가 먼저 말도 안 되게 낮은 가격을 제시하면 판매자가 아무리 반론을 제기해도 그 가격이 이후 흥정의 기준이 되는 현상을 가리킨다.

남의 아이디어를 발판 삼아 내 생각을 펼칠 때에도 같은 현상이 일어난다. 그 아이디어를 내 목적에 맞게 수정한다 해도 결과물은 내가 혼자 힘으로 맨땅에서부터 시작할 때와는 전혀 다를 것이다('당연한 거 아냐? 훨씬 빠르고 내가 한 것보다 근사하게 나올 텐데'라고 생각하는 독자가 있을지도 모르겠다).

그러나 다행히도 탐험쓰기를 활용하면 양쪽 선택지의 좋은 점을 모두 누릴 수 있다.

프레젠테이션 자료, 보고서, 업무요강 등 평소 인터넷을 뒤져서 만들던 자료를 떠올려 보자. 그리고 이번에는 곧장 검색어를 입력하는 대신 1초만 시간을 갖자. 키보드 대신 공책과 펜에 손을 뻗어, 내가 만들고 싶은 자료가 무엇인가에 관해 6분간 자유쓰기를 해보자. 누구를 대상으로 만드는 자료인가? 상대는 무엇을 필요로 하는가? 가장 중요하게 고려할 성과는 무엇인가? 나만이 가지고 있는 능력, 경험, 관심사를 이 과제에 적용할 방법은 무엇인가?

전력질주 탐험쓰기가 끝났다면, 필요에 따라 자유롭게 인터넷을 검색해 보자. 이제 유용한 자료가 뜬다면 쉽게 알아볼 수 있을 것이다. 그리고 '내 목적'에 맞게끔 자료를 수정하는 작업도 훨씬 순조롭게 이루어질 것이다.

문제해결력

창의성과 독창성이 중요한 생존기술인 까닭은 두 요소가 문제해결의 핵심 도구이기 때문이다. 문제가 발생했다는 것은 기존의 접근법이나 직감에 따른 주먹구구식 접근이 효과가 없고, 무언가 새로운 것을 시도해야 한다는 뜻이다. 센스메이킹과 관점 바꾸기, 질문하기는 모두 문제를 해결하는 데 유용한 도구지만 그보다 더 구체적인 접근법이 있다. 탐험쓰기는 그런 접근법에 큰 도움이 된다.

말해두는데 문제해결, 특히 직장에서 해야 하는 문제해결의 규모는 꽤 크다. 수많은 이론, 여러 단계에 걸친 방법론이 있게 마련이고, 고작 6분 길이의 탐험쓰기로 그것들을 다 해결하지는 못한다. 그러나 땅에 구멍이 패어 있다고 해서 모두 굴삭기로 메워야 하는 것은 아니듯, 모든 문제에 전방위적인 방법론과 지원 소프트웨어가 필요하지는 않다.

물론 문제해결 이론의 전반적 원리를 염두에 두는 것은 바람직한 일이다. 예전에 경영대학원에서 창의력, 혁신, 변화에 관한 강의를 했던 적이 있다(무척 즐거운 경험이었다. 돈을 받고 임원들에게 핑거페인팅의 매력을 소개하는 건 흔히 얻기 힘든 기회니까). 강의는 아래에서 보듯 창의적 문제해결을 위한 구조적 접근에 중점을 두고 있었다.

1. 문제를 명확히 표현하라. 문제를 완전히 이해할 수 있도록 확장하라. 그 문제가 고쳐야 할 문제가 맞는지 확인하라(문제 탐색 단계: 눈앞의 문제가 실은 다른 문제의 징후에 불과하거나, 실질적인 문제가 아닌 경우가 꽤 많다).

2. 가능한 해결책을 여럿 생각하라(창의적 사고 단계).

3. 선택지를 검토해서 어떤 안(하나 이상이라도 좋다)을 개발할지 결정하라(비판적 사고 단계).

4. 실행에 옮겨라(행동 단계).

이 같은 문제해결의 전반적 체계를 염두에 두지 않으면 지나치게 단순하고 좁게 생각하기 쉽다. 상황이 다음과 같이 흘러가는 것이다.

1. 가능한 해결책을 찾는다.
2. 실행에 옮긴다.

잘될 수도 있지만, 그럴 확률은 결코 높지 않다.

(탐험과제) 일단 시도해 보자. 지금 여러분이 해결하려는 비교적 단순한 문제를 떠올려 보자(지나치게 까다롭거나 철학적인 문제보다는 일상적인 문제를 고르는 것이 바람직하다. 아직 배우는 단계이기 때문이다). 그리고 해결책이 아니라 문제 자체를 탐색하는 데 초점을 맞춰보자.

여기서 '왜?'는 유용한 도구다. 기저의 원인을 찾으려고 상류로 거슬러 올라갈 수도 있고('왜 이런 일이 일어나는 걸까?'), 결과에 초점을 맞추기 위해 하류로 내려갈 수도 있다('왜 이게 결과적으로 문제가 될까?'). 경우에 따라서는 양쪽을 모두 오가는 것도 가능하다. 기저의 원인이나 결과가 드러날 때마다 '왜?'라고 자문해 보자. 어떤 일이 일어날까? (경영계에서는 '5가지 이유five whys'라는 이름으로 잘 알려진 방법이다. 유치원생과 이야기를 나눠본 적이 있는 독자에게도 익숙하게 느껴질 것이다.)

상류로 거슬러 올라가 기저의 원인에 초점을 맞추다 보면 처음에는 문제라 생각지 않았던 '진짜' 문제를 발견할 수도 있다. 하류로 내려가 결과를 살피다 보면 문제의 악영향을 줄이거나 문제 자체를 없애는 데 도움이 될 방법을 찾아낼 수도 있다. 어쩌면 문제라 생각했던 것들이 실은 조금 신경이 쓰이는 정도였을 뿐, 실질적인 문젯거리는 아니었다는 사실을 깨달을 수도 있다(이 경우 상황을 해결할 최선의 방법은 더 이상 신경을 쓰지 않는 것이다).

유쾌한 직장생활을 위한 세 가지 요소인 창의성, 독창성, 문제해결력을 모두 길러주는 탐험쓰기 도구상자의 필수 도구가 있다. 바로 다음 장에서 다룰 '비유'다.

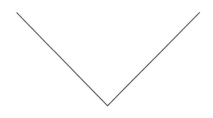

9장

비유로
탐험하라

센스메이킹을 할 때에는 '비유'의 도움을 받지 않을 수 없다(이 또한 비유적인 표현이다). 비유란 A를 B에 비추어 생각하는 과정을 뭉뚱그려 가리키는 말이다. 비유에는 여러 종류가 있다. 직유('인생은 초콜릿 상자와 같다')는 은유('인생은 초콜릿 상자다')에 비해 두 단어 사이에 유사점이 있다는 것을 직접적으로 표현한다. 유추는 A를 이용해서 B를 설명할 때 사용한다(유추에 대해서는 13장에서 좀 더 상세히 다루기로 하자). 사람들은 대부분 비유를 쓴다는 것을 자각하지 못한다. 비유를 쓰지 않고는 문장을 짓는 것 자체가 어려울 만큼 자주 비유를 사용하는데도, 늘 쓰는 말과 글, 생각 속에 자연스럽게 배어 있어서 미처 알아차리지 못하는 것이다(여기서도 자연스럽게 비유를 썼다. '짓다'라는 표현은 시각적 요소가 들어 있는 비유다). 이처럼 비유는 일상의 일부이기에 이것을 지속적으로 활용하는 법을 익히면 마법 같은 심리적 효과를 누릴 수 있다.

비유 다루기

사람들이 비유를 쓰는 까닭은 뇌가 그렇게 작동하기 때문이다. 사람들은 자신이 이미 알고 있고 경험한 것을 바탕으로 생각할 때 훨씬 쉽다고 느낀다. 이미 알고 표현할 수 있는 것을 이용하면 모르는 것에 접근할 수 있고, 표현할 수 없는 것을 표현할 수 있다.

비유의 인지적 장점은 어마어마하다. 하지만 치러야 하는 인지적 대가도 있다. 비유는 문제 자체가 아니라는 사실을 잊게 되는 것이다. 비유를 의도적으로 활용하면 창의력을 발휘하고, 문제를 해결하고, 남에게 내 아이디어를 효과적으로 전달할 수 있다. 그러나 비유를 잘 파악하지 못하면 오히려 발이 걸려 넘어질 수 있다. 비유가 오히려 독이 되는 세 가지 경우를 살펴보자.

1. 불필요한 감정을 불러일으킨다

어떤 여성과 잊지 못할 대화를 나눈 적이 있다. 그녀는 곧 울음을 터뜨릴 듯한 태도로 직장생활에 관해 털어놓

앞다. 마치 '서커스에서 접시돌리기 묘기를 부리는 기분'
이라고 했다. 거의 공황상태에 가까운 떨리는 목소리로
미루어 보건대 언젠가(아마도 곧) 접시 중 하나가 떨어져
깨질 것 같았다. 스트레스를 받는 것도 무리가 아니었다.
하지만 그렇게 매일을 보내서는 안 될 일이었다. 그래서
접시돌리기 비유 대신 다양한 업무가 서로 중요성을 다
투는 업무환경을 묘사하는 다른 비유를 생각해 보도록
권했다. 우리는 머리를 맞대고 생각한 끝에, 다양한 업무
가 색색깔의 실처럼 얽혀 고급 융단을 이루고 있다고 상
상해 보자는 아이디어를 냈다. 새로운 이미지는 그녀의
기분을 완전히 바꾸어 놓았다. 융단의 비유는 접시돌리
기에 비해 평온하고 창의적이며 목표에도 부합했다. 그
렇게 생각을 바꾸면서 그녀의 스트레스는 눈에 띄게 누
그러들었다.

2. 갈등을 야기한다

A는 회사란 '가족 같다'고 생각한다. 조직구성원은 서로
를 돌보아야 하며 신뢰, 수용, 소속감이 조직의 핵심가치
라 믿는 것이다. 한편 B는 회사란 '프로 스포츠팀 같다'고
생각한다. 그래서 최근에 이룬 결과를 모든 평가의 기준
으로 삼는다. 얼마 지나지 않아 A와 B는 서로 갈등을 빚
게 될 것이다. 이런 종류의 갈등은 상대의 사고방식 아래

어떤 비유가 깔려 있는지 서로 이해한 뒤에야 비로소 드러나고 또 해소될 수 있다.

3. 해결책을 찾는 능력을 저해한다

2011년 인지언어학자 폴 티보도Paul Thibodeau와 레라 보로디츠키Lera Boroditsky가 진행한 유명한 연구는 비유가 문제에 대한 생각에 무의식적인 영향을 미친다는 것을 보여주었다.[22] 티보도와 보로디츠키는 두 가지의 비유를 들어 도심 범죄에 관해 설명했다. 한 실험군에게는 범죄가 '도시를 휩쓰는 바이러스' 같다고 말했고, 다른 실험군에게는 '도시를 위협하는 맹수' 같다고 표현했다. 그 뒤 각 실험군에게 해결책을 생각해 보도록 했다. 실험군은 설명 안에 담긴 비유를 의식하지 못했으나, 제시한 대안에는 비유로 인해 굳어진 프레임이 드러났다. 범죄를 바이러스에 견주는 설명을 들은 실험군에서는 진단, 치료, 예방과 관련된 접근법을 제시한 반면 범죄가 위협적인 맹수라는 비유를 들은 실험군은 포획, 강경한 대처, 처벌을 대책으로 내세웠다.

탐험쓰기는 매일같이 사용하는 비유를 인지하고 그것에 호기심을 품도록 이끈다. 그리고 비유를 의도적으로 활용해 더 바람직한 결과를 얻을 수 있도록 해준다. 그러나 비유를 활용하기 전에 일단 비유에 관해 잘 알아두어야 한다.

비유 인지하기

여기서는 비유를 찾는 레이더를 켜서(지금도 비유를 사용했다!) 비유가 자신도 모르게 우리의 태도와 행동에 어떤 영향을 미치는지 알아보는 탐험을 해볼 것이다.

(탐험과제) 이 탐험을 시작하는 가장 좋은 방법은 최근에 쓴 전력질주 탐험쓰기의 내용을 들춰 보는 것이다. 다른 상황에 관한 센스메이킹에 초점을 맞춘 글이 특히 적합하다. 지금까지 쓴 글을 모두 버리거나 파쇄했거나 불태웠다면, 6분간 타이머를 맞추고 '일단 첫 마디'에 따라 자유쓰기를 해보자. "내가 하는 일은…"

6분이 지났다면 쓴 내용을 돌아보고 내가 사용한 비유를 모두 추리자. 등잔 밑이 어두운 법이니 눈을 크게 뜨고 조금이라도 들어간 것은 모두 골라내야 한다. 아마도 여러분이 상상했던 것보다 더 많은 비유가 있을 것이다. 무엇이 눈에 띄는가? 특히 두드러지는 비유가 있는가? 어떤 비유가 가장 흥미롭게 느껴지는가? 도움이 되는가, 아니면 그렇지 못한가? 그 비유가 내 생각을 제한하거나 내 행동을 틀에 욱여넣고 있는가? 이런 비유는 어디에서 비롯되었는가?

시동을 거는 차원에서 자주 볼 수 있는 유형의 글을 하나 살펴보자.

내가 하는 일은 에너지를 한 방울도 안 남기고 모조리 쏟아부어야 돼. 잠깐 엉덩이를 붙이고 내가 하고 싶은 것이 무엇인지 생각할 여유 따윈 없지. 불 끄는 소방관도 아닌데 계속 쏟아지는 업무에 반사적으로 대응해야 해. 누가 내 자리 옆에 오기만 해도 다른 업무를 떠안길까 봐 온몸이 굳어지는 것 같아. 지금 하는 일도 많은데 추가 업무까지 처리해야 할까 봐 벽을 치게 되더라고. 정말이지 너무 지치는데 사람들은 내가 얼마나 고생하는지 알아주기는커녕 계속 불에 장작을 집어넣는다니까. 팀장은 한술 더 떠. 지금 위치를 유지하려고만 해도 쉼 없이 달려야 하는데 그것도 모르고 '큰 그림을 보라'는 둥, '자기계발에 힘쓰라'는 둥 설교를 늘어놔서 사람 속을 뒤집어. 우리가 배 바닥에서 땀투성이로 노를 젓는 동안 혼자 우아하게 선장실에 앉아 있으니 본인은 퍽이나 여유롭겠지. 하긴, 뭐 하러 치열한 현장에 신경 쓰겠어?

일이 벅차서 공황에 빠진 심리상태를 가리키는 비유가 너무나 많다. 에너지를 한 방울도 안 남기고 쏟아붓는다는 표현, 남이 계속 장작을 넣는 와중에 불을 끄려고 애쓰는 기분, 업무를 떠안긴다는 표현, 달리고 있지만 앞으로 나아가지 못하는 상태, 설교를 늘어놓는 상사, 호사스러운 선장실에 머무는 선장, 노를 저으며 흘리는 땀….

이런 심리적 이미지는 글쓴이의 감정상태를 어떤 방향으로 이끌게 될까? 그리고 직장, 상사, 동료들과의 관계에 어떤 영향을 미칠까?

워크숍에 참가하는 많은 사람이 이와 비슷한 비유가 담긴 글을 쓰곤 한다. 하지만 흥미롭게도 비유를 사용했다는 사실을 인지하는 사람은 많지 않다. 그리고 비유가 내 반응, 감정, 인간관계, 직장에서의 행동에 영향을 준다는 것을 깨달으면 모두들 깜짝 놀란다.

일단 무의식적으로 쓰던 비유를 인식하는 데 성공했다면, 이제 비유를 의식적으로 바꿀 수 있다. 내가 만났던 여성이 접시를 돌리는 곡예사가 아니라 고급 융단을 짜는 중이라고 생각을 바꾸었듯이, 상사가 선장실에서 우아하게 머무는 게 아니라 키잡이 역할을 하며 방향을 살피고 노를 젓는 박자를 맞추어 준다고 생각해 보는 것이다. 이렇게 생각을 바꾸면 상대의 행동도 달라질까? 직접적으로 그런 효과가 나타나지는 않을 것이다. 그러나 비유를 바꿈으로써 내 태도와 행동이 달라지면, 궁극적으로 남이 나를 대할 때의 행동도 변화하게 된다.

이 연습을 해보고 나면 일상에서 사용하는 비유를 잘 인지하고, 나뿐 아니라 남이 하는 말에서도 찾아내게 될 것이다. 그러면 상대가 세상을 바라보는 방식이 어떻게 그 사람의 경험과 태도에 영향을 미치는지를 더 쉽게 이해할 수 있다. 다음에 누군가와 어려운 문제를 놓고 이야기할 일이 생기거나 까다로운 이메일을 받게 되면 상대가 어떤 비유를 사용했는지 눈여겨보자. 그리고 그 비유가 눈앞의 문제에 대한 그들의 감정에 어떤 영향을 주는지 관찰해 보자(이 방법은 공감능력을 향상시키는 데 활용해도 좋다).

그러나 나 또는 상대가 어떤 비유를 사용하는지 인식하는 것과 새롭고 유용한 비유를 찾아내는 것은 전혀 다른 일이다. 개인적으로 나는 인지능력 훈련과 유쾌한 상상이 한데 만난 '비유 만들기' 테크닉을 통해 새로운 비유를 찾아내는 것을 즐긴다.

비유 만들기

'비유 만들기'는 내가 알고 있는 창의력 계발 테크닉 중에서도 특히 강력하다. 비유 만들기에 익숙해지고 나면 글을 쓸 때나 문제의 해결책을 찾아야 할 때 머리를 쥐어뜯는 일은 없을 것이다. 비유 만들기는 생뚱맞은 곳에서조차도 패턴을 만들어내고 연결점을 찾아내서 센스메이킹을 하려는 뇌의 본능에 바탕을 두고 있기 때문이다.

한눈에 납득되는 서사가 있는 것이 아니기에 '비유 만들기'를 할 때에는 뇌가 노력을 기울이고 창의적, 인지적 도약을 통해 숨겨진 연결점을 찾아야 한다. 어떤 면에서 '비유 만들기'는 완전히 의식적으로 이루어지는 센스메이킹 과정이라 볼 수 있다.

워크숍에서 여러분과 함께 탐험을 진행할 수 있다면 잠깐 밖에 나가서 물건이나 내게 들려줄 이야깃거리 세 가지를 찾아오도록 할 것이다. 예를 들어 도토리, 빈 과자 봉지, 머리 위를 지나는 비행기를 찾아왔다고 치자(셸리와 키츠 같은 유명 시인이 쓸 법한 주제는 아니지만 그 점은 양해해 주길 바란다).

시간과 의욕이 있다면 지금 당장 해보자. 잠깐 나가서 물건 세 가지를 가져오자. 책상에 올려둘 수 있는 물건을 직접 가져와도 좋고, 가져오기 어려운 물건이라면 이름을 포스트잇에 쓰거나 모양을 그림으로 그려도 좋다. 밖으로 나가도 괜찮다. 신선한 공기를 쐬고 자연 속을 걷는 것만으로도 창의력과 에너지를 발휘하는 데 도움이 된다. 나갈 수 없다면 주변을 둘러보고 눈길을 끄는 세 가지를 찾아보자.

그리고 마지막으로 새로운 각도에서 생각해 보고픈 문제나 상황을 하나 떠올려 보자. 까다로운 인간관계, 자료의 부족, 구조적 문제 등 뭐든 상관없다.

이제 본격적으로 시작해 보자. 이번 탐험의 목표는 이 물건들이 내가 지금 겪고 있는 문제에 어떤 비유적 영감을 주는지 생각해 보는 것이다.

'아무렇게나 골라 온 물건과 지금 내가 겪는 문제를 연결 짓다니, 그게 가능할까?'라고 생각할지도 모르겠다. 하지만 바로 그 점이 핵심이다. 한눈에 보이는 유사점이 없기 때문에 수고를 들여서 연결점을 찾아내야 하는 것이다. 이 일을 해내면 놀랍고도 반가운 기분이 들고, 지금까지 보지 못했던 것을 보게 된다. 그것이야말로 비유가 지닌 힘이다.

영국의 유명 뮤지션 브라이언 이노**Brian Eno**는 그 점을 적확하게 표현했다. "어딘가 색다른 곳에 도달하고 싶다면 어딘가 색다른 곳에서 출발하는 것이 바람직하다."²³ 이 훈련의 목표는 전과는 동떨어진 곳에 생각의 출발점을 마련해 주는 것이다. 그 출발점은 여러분의 뇌에 마법을 일으킬 것이다.

이런 탐험을 처음 시도할 때에는 지레 걱정이 될 수도 있다. 과연 효과가 있을까 싶고, 실패할까 봐 주저하게 된다. 그러나 이 과정의 위력은 적절한 물건을 고르고 창의력을 발휘하는 데 있는 것이 아니라, 뇌가 작동하는 자연스러운 방식에 숨겨져 있다. 앞서 뇌의 '본능적 정교화'에 관해 다루었다. 어떤 문제에나 답을 내놓으려는 심리적 반사작용, 센스메이킹을 통해 여러 요소를 연결 짓고 의미를 만들어내는 뇌의 특성을 가리키는 말이다. 이 탐험의 근간을 이루는 것은 나의 재치나 지적 능력이 아니라 뇌의 신경적 본능이다. 전력질주 자유쓰기는 속도가 빨라 생각에 빠질 여유가 없기 때문에, 평소 하던 방식에서 벗어나 뇌가 무의식적으로 과제를 해결할 수 있게 된다.

(탐험과제) 이제 타이머를 맞춰두고 임의로 고른 물건 세 개를 찬찬히 들여다보자. 이번 전력질주를 위한 '일단 첫 마디'는 바로 'X는 Y와 비슷한데 왜냐하면…'이다. X는 여러분의 머릿속에 있는 문젯거리, Y는 여러분이 방금 찾아낸 물건 중 하나다. 첫 번째 물건에서 대박이 났다면 6분 내내 그 물건에 대해 써도 좋다. 잘 되지 않는다면 각 물건에 관해 번갈아 가며 써보자. 시동이 제대로 걸리는 느낌이 들 때까지 하면 된다. 쓸모 있는 내용은 다 적었다는 느낌이 들 때까지 쓰고서, 다음 물건으로 넘어가자.

잊지 말자. 여러분이 이 과제를 얼마나 '잘 했는지' 평가할 사람은 없다. 글이 잘 풀리지 않았더라도 하루 중 고작 6분을 투자했을 뿐이니 너무 아까워하지는 말자. 하지만 아마도 생각지 못했던 아이디어가 한두 개는 튀어나와서 스스로도 놀라게 될 것이다.

이 장을 쓰는 동안 나 자신도 다시 탐험을 해보았다. 운하를 따라 조깅을 한 뒤였기 때문에 내가 고른 이미지는 '좁다란 보트를 타고 하는 여행'이었다. 나는 새로 직원을 채용하느라 골머리를 앓고 있었다. 여러 번 이 탐험을 해본 나조차 처음에는 '이미지를 잘못 골랐나?' 하는 생각이 들었다. 1분이 지나도록 아무런 연결고리를 찾을 수 없었고, 펜을 쥔 손에 절박감이 맴돌았다. 그러다가 갑자기 손이 이런 글을 쓰고 있는 것을 깨달았다.

그래, 뭐든 제자리를 정해둬야 돼. 보트가 좁으면 물건을 아무렇게나 놔둘 여유가 없지. 근데 그건 뭐든지 다 글로 써서 체계화하는 거랑 비슷해. 내 머릿속에서만 해결할 문제는 아니니까….

그리고 생각이 이어졌다.

좁다란 보트를 타고 여행하려면 누구랑 여행할지 최대한 신중하게 골라야겠지. 밧줄도 잘 다루고 운하에서 배를 다루는 법도 알아야 해. 좁은 공간에서 잘 지내야 하니까 태도가 정말 중요할 거야. 이걸 어떻게 채용공고에 잘 표현할 수 있을까?

두 가지 아이디어 모두 중요하고 유용했다. 여기서 보듯 이 탐험은 항상 좋은 결과가 나오니 마음을 열고서 과정을 믿고 즐기자.

여러분도 직접 탐험을 떠나보길 바란다. 골칫거리를 해결할 창의적 해결책이 떠오르는 동시에, 필요할 때마다 새로운 관점에서 상황을 바라볼 수 있는 자신의 역량에 대한 자신감도 붙을 것이다. 우두커니 앉아서 제대로 된 비유가 완벽한 상태로 찾아오길 기다리는 것은 좋지 않다. 이제 지금 있는 자리에서 손에 쥔 것을 활용하여 창의성에 불을 당겨보자. 6분 만에 무에서 유를 창조하는 과정을 직접 체험하고 나면 탄탄한 자신감이 붙을 것이다.

지금까지 탐험쓰기가 직장과 일상에서 더 나은 사람이 되고 더 큰 성과를 올리는 데 어떤 도움을 주는지 살펴보았다. 10장과 11장에서는 탐험쓰기를 통해 더 행복해지고 웰빙을 누리는 방법에 대해 알아보도록 하자.

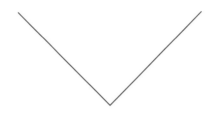

10장

부정적인 감정과 생각을
다루는 법

앞선 2장에서 원시적이고 감정에 따라 날뛰는 뇌영역인 '침프'에 대해 알아보았다. 침프를 길들이는 것은 쉽지 않은 일이지만, 탐험쓰기는 '침프를 효과적으로 관리하는 법 배우기'라는 평생의 과제를 수행하는 데 큰 도움이 된다.

탐험쓰기로 침프를 길들이는 구체적인 방법은 세 가지다.

+ 침프의 말을 경청한다는 느낌을 준다.
+ 침프가 중요하게 여기는 일이 무엇인지 알고 인정한다.
+ 침프의 본능인 부정적 성향을 뒤집어 긍정적인 결과를 끌어낸다.

경청하기

사람들이 침프의 목줄을 짧게 쥐는 이유는 침프가 외적으로 과히 좋은 모습을 보여주지 못하기 때문이다. 침프는 본능적으로 부정적인데, 사람들은 부정적인 사람과 어울리는 것도, 자신이 부정적이라는 평을 듣는 것도 좋아하지 않는다. 침프를 통제하지 못할까 봐 걱정되는 것도 또 하나의 이유다. '침프가 우리를 벗어나면 얼마나 정신없이 날뛸까? 침프의 난동을 마주하면 얼마나 괴로울까?'라는 생각에 우리를 단단히 걸어 잠그는 것이다.

《침프 패러독스》를 쓴 스티브 피터스 교수는 영국 올림픽 경정팀과 함께 연구를 진행하면서 규칙을 하나 정해두었다. 경정팀 선수들은 그를 찾아와서 불평을 늘어놓을 수 있지만, 일단 시작하면 15분간 쉬지 않고 해야 한다는 규칙이었다. 그걸 해낸 사람은 아무도 없었다.[24] 의외로 침프를 자유롭게 놓아주면 부정적 성향이 오래 지속되지 못했던 것이다. 하지만 사람들은 대개 지레 겁을 먹고 침프의 말을 끝까지 들어주지 않는다. 그 결과 침프는 계속 으르렁대고 우리는 그 소리를 애써 무시하며 하루를 보낸다.

침프는 자신의 말을 들어주길 바라며, 못 들은 척해도 포기하지 않고 계속 울부짖는다. 이 지점에서 탐험쓰기가 등장한다. 탐험쓰기는 안전하고 격리된 공간을 마련해 주기에 침프가 하는 말을 듣고 그 내면에 숨겨진 진실과 거짓을 볼 수 있다. 그리고 나면 침프의 말을 이성적으로 검토하고 근거를 들어 답하는 일도 가능해진다.

(탐험과제) 이번 탐험에서는 침프가 자유를 만끽한다. 부정적인 감정을 불러일으키는 상황을 하나 떠올려 보자. 인간관계에서 오는 갈등, 나 또는 남 때문에 짜증이 나는 경우, 화가 나거나 부끄러운 상황 등 뭐든 좋다(일상에서 흔히 겪는 상황을 골라야 한다. 이 탐험은 일상의 짜증스러운 상황을 해결하기 위한 것이다. 전문상담사의 도움이 필요한 심각한 트라우마가 아니라 내가 제어할 수 있는 상황을 떠올려 보자.)

그런 다음 6분간 자유쓰기를 하면서 침프의 고삐를 풀어주자. 침프가 어떤 생각을 하는지, 어떤 기분인지, 왜 그런 감정을 느끼는지, 상황이 왜 이렇게 불공평한지 고스란히 감정을 털어내도록 두자. 자기연민에 푹 빠져도 좋고, 종이 위에 고함을 내질러도 좋다. 무엇이 옳고 그른가에 대해서는 생각하지 말자. 그저 보이는 것을 보면 된다. '일단 첫 마디'가 없어도 글을 쓸 수 있겠지만 혹시 필요하다면 이렇게 시작해 보자. "아무한테도 할 수 없는 이야기지만 사실…"

침프의 이야기에 귀를 기울이다 보면 감정이 격해지거나 마음이 불편해질 수 있다. 그러니 쓴 글을 다시 읽을 때에는 나 자신에게 따뜻이 대해주자. 전문상담사 또는 상처 입은 사람의 이야기를 들어주는 좋은 친구가 되었다고 상상해 보자. 사람들은 대개 자신보다 남을 훨씬 따뜻하게 대하곤 하니까.

이런 탐험을 해보면 진실된 부분도 있고 과장, 부정적 상상, 일반화, 추정 등으로 얼룩진 진실되지 않은 부분도 있다. 진실은 대개 인정, 안전, 자유 등 근본적인 욕구와 연관되어 있다. 앨리스 셸던**Alice Sheldon**이 《학교에서 가르쳐 주지 않은 것**Why weren't we taught this at school?**》에서 말했듯[25] '나의 근본적인 욕구'를 파악하는 방법을 배우면 침프가 어떤 조건 아래에서 날뛰는지 알게 되고, 그 욕구를 부정하는 대신 채워줄 해결책을 찾을 수 있다. 더불어 이런 연습을 하다 보면 남의 욕구를 파악하는 역량도 늘어난다. 나 자신에게 공감하는 연습을 함으로써 남에게도 더 쉽게 공감할 수 있게 되는 것이다.

인정하기

침프의 말을 들었다면 이제 새롭게 얻은 정보를 바탕으로 여러분 머릿속의 '인간'이 무엇을 하면 좋을지 결정해야 한다. 부정적인 생각을 종이에 적는 것만으로도 부정적인 감정이 누그러진다는 사실은 이미 깨달았을 것이다('정서 명명'이라고 알려진 감정 조절 방법이다). 이제 여기서 한 발짝 더 나아가 침프의 말에서 받아들일 만한 무언가를 찾아보자. 침프가 쏟아내는 부정적인 말들 중 수용할 부분이 대체 어디 있을까 싶어 고개를 젓는 독자도 있을 것이다. 하지만 강렬한 감정을 불러일으키는 일은 곧 가장 중요한 일이라는 사실을 잊지 말자. 앨리스 셸던은 말했다.

> 감정이 욕구의 메시지를 전달한다는 사실을 이해하면 감정을 받아들이
> 고, 감정이 우리에게 말해주려는 것을 듣고, 감정을 의식하며 행동할
> 수 있다. 제대로 이해하기만 하면 감정은 길을 가로막는 장애물이 아니
> 라 귀중한 자료가 되어준다. 감정은 특정 시점에서 내게 무엇이 중요한
> 지 알려주는 길잡이다.[26]

즉 무엇이 내 침프를 가장 자극하는지 알아내면 내게 가장
중요한 것이 무엇인지도 파악할 수 있다는 뜻이다. 다니엘 핑크
도 후회에 관한 비슷한 말을 남겼다.

> 사람들이 가장 후회하는 것이 무엇인지 이해하면 그들이 가장 중시하
> 는 것이 무엇인지도 알 수 있다. 사람들이 후회하는 바에 대해 말할 때
> 는 자신이 중시하는 가치가 무엇인지 간접적으로 말하는 셈이다.[27]

침프를 무시하지 말아야 할 또다른 이유는 침프의 행동이야
말로 내 본능이 제대로 작동하고 있다는 증거이기 때문이다. 침
프의 원동력은 두려움이며, 두려움이 없다면 여러분은 지금까지
무사히 성장하지 못했을 것이다. 《먹고 기도하고 사랑하라》의 저
자 엘리자베스 길버트는 자신과 두려움의 관계가 변화한 과정에
관한 인상적인 글을 남겼다. 길버트는 두려움이 극복하거나 잠재

워야 하는 요소가 아니라 창작과정에서 필요불가결한 부분이라 보았다.

> 나는 애정 어린 태도로 내 두려움에게 말을 건다. 하나의 실체로서의 내 두려움에 나는 짙은 동정심을 품고 있다. 시간이 흐르면서 내 두려움은 결함이 아니라는 것을 깨닫게 되었다. 두려움은 나라는 사람의 일부이고, 처음부터 그랬던 것이다. 두려움은 진화에서 나름의 역할을 맡고 있다. "새로운 것이나 결과를 모를 일은 하지 마라. 까딱하면 죽을 수도 있으니까"라고 말해주는 것이다. 무엇이든 창의적인 일을 할 때는 항상 두려움이 수반된다. 창의성은 무언가 새로운 일을 해보라고 제안하고, 어떤 결과물이 나올지는 알 수 없기 때문이다. (…) 예전에는 두려움에 맞서곤 했다. 더 용감해져야 한다고 믿었다. 하지만 이제 다르다. 이제 나는 더 용감해질 필요는 없다고 생각한다. 더 다정해지고, 더 많은 호기심을 품어야 한다고 생각할 뿐이다. 용기는 바로 거기서 비롯된다.[28]

여러분의 침프가 상처 되는 말을 할 수도 있다. 하지만 이 모든 것의 뿌리에는 나를 안전하게 지켜주려는 불굴의 의지가 있다는 사실을 깨닫고 나면 동정심을 느끼고 침프의 말에 휘둘리는 대신 올바른 행동을 하게 된다. 침프의 말대로 고통을 겪을 수도 있음을 인지하되, 내 예상대로 얻게 될 이득을 위해 치를 만한 대가라 여기고 받아들이게 되는 것이다.

탐험과제 이번 탐험에서는 6분 동안 나의 내면에 있는 침프에게 감사편지를 써보자. 우리에 가둬놓거나 고함쳐서 입을 다물게 하는 대신 고마움을 전하는 것이다. 위의 탐험에서 썼던 글을 새롭고 동정심 어린 눈으로 다시 살펴보자. 도움이 될 만한 내용에는 무엇이 있을까? 검열을 거치지 않은 침프의 솔직한 말은 어떤 지점에서 나 자신도 미처 깨닫지 못했던 중요한 사실을 드러내 보일까? 침프는 나를 안전히 지켜주기 위해 어떻게 애쓰고 있을까?

아직 침프를 인정할 기분이 들지 않을 수도 있지만, 최소한 좀 더 잘 이해하게 되었을 것이다. 침프 입장에서도 자신의 말이 받아들여진다고 느끼면 말썽을 덜 부린다(사실 침프뿐 아니라 대부분의 사람에게 적용되는 진리다).

침프 업어치기

침프가 부정적인 메시지를 쏟아낼 때 대처하는 또 하나의 방법은 침프를 아예 뒤집어 버리는 것이다. 첫 번째 탐험에서 부정적인 서사와 생각을 자세히 뜯어보고 솎아낼 수 있도록 빛 아래로 끌어냈다면, 이번 탐험에서는 침프의 부정적인 생각을 다른 측면에서 살펴보고 그 속에 숨은 슈퍼파워를 찾아볼 것이다.

지난 탐험을 통해 침프가 나와 내 삶에 대해 한 이야기들을 써봤을 것이다. 조잡하고 독기 어린 내용일 가능성이 높다. 워크숍에서 이런 글을 쓰면 자주 눈에 띄는 말들이 있다.

'나만의 독창적인 생각이랄 게 하나도 없어.'
'정신이 없고 게을러.'
'돈 관리가 젬병이야.'
'허구한 날 말실수를 해.'
'나를 좋아하는 사람은 아무도 없을걸.'

가슴을 찌르는 말이다. 게다가 인생에 아무런 도움이 되지 않는 말이다. 하지만 여러분은 침프가 아무리 잔인하고 부정적인 말을 해도 그 목표는 나를 안전하게 지키려는 것뿐이라는 사실을 이미 알고 있다. 침프는 위험, 실패, 자포자기에 얽힌 두려움 때문에 어쩔 줄 모르는 상태다. 여기서 이야기의 흐름을 바꾸려면 "아니거든!"이라고 어설프게 되받아치는 대신 머리를 써야 한다. 유도를 하듯 탐험쓰기로 침프의 부정적인 힘을 역이용해 유용한 결과를 이끌어 내는 것이다.

> (탐험과제) 최대한 큼직한 종이를 한 장 찾아오자. 왼쪽에 어느 정도 여백을 두고 세로로 선을 긋자. 왼쪽 열은 좁고 오른쪽 열의 너비는 넓

은 상태가 될 것이다. 왼쪽 열과 오른쪽 열 맨 위에 각기 '침프의 주장', '침프를 업어치는 방법'이라고 쓰자.

이제 마법을 부릴 차례다. 지난 탐험에서 썼던 부정적인 말 하나하나를 뒤집어 슈퍼파워로 바꾸는 것이다. 이전과 마찬가지로 이번에도 다른 사람(불안성향이 높은 친구 등)에 관해 말하는 것처럼 상상하면 도움이 된다. 약간 거리를 두고 동정심을 발휘할 수 있기 때문이다.

침프가 "그 일을 해결하기에는 경험이 부족해!"라고 말했다고 치자. 그렇다면 경험이 부족하기 때문에 오히려 노련한 사람보다 더 겸손하고 융통성이 있으며 배우려는 의지가 높다는 점을 부각시켜 침프의 지적을 슈퍼파워로 바꾸자.

침프에 맞서 승소하려는 의지에 불타는 변호사가 되었다고 상상해 보는 것도 좋다. 침프의 주장에 이의를 제기하고, 다른 관점에서 바라본 이야기를 나 자신에게 들려주며, 유쾌하고 끈기 있게 행동하는 것이다. 이제 타이머를 맞추고 자유롭게 써나가면서 놀라운 결과가 나타나는 모습을 지켜보자.

침프의 부정적인 이야기를 밖으로 끌어내는 동시에 말을 들어주고, 동정심과 호기심을 갖고 대응하기는 쉽지 않다. 단번에 제대로 되지 않더라도 걱정할 필요는 없다. 침프를 다루는 것은 한번에 해결되는 문제가 아니라 평생에 걸쳐 실천해야 하는 일이기 때문이다.

규칙적으로 탐험쓰기를 하게 되면 흰 종이가 평가에서 자유롭고 (두려움, 후회, 절망, 모욕 등의) 부정적인 감정을 드러내도 괜찮은 공간이라는 믿음이 쌓이기 시작할 것이다. 한편 부정적 감정에 동정심과 호기심으로 무장하고 대처하는 자신의 역량에 대한 자신감도 늘어갈 것이다. 침프의 말은 내가 나에게 들려주는 이야기, 내 감정에 관한 유용한 정보를 전해주는 이야기일 뿐이다. 그 이야기에서 쓸 만한 부분만 골라내어 활용하고 쓸모없는 부분은 고쳐 쓰며 삶을 건실하게 살아나갈 힘은 바로 내 손안에 있다.

나 자신을 더 잘 알고 내가 지닌 부정적 측면을 인정하는 것, 즉 자기이해의 경험은 탐험쓰기를 통해 얻을 수 있는 행복의 열쇠 중 하나다. 하지만 그 외에도 행복을 손에 넣을 방법이 또 있다. 다음 장에서는 웰빙에 관해 좀 더 폭넓게 생각해 보기로 하자.

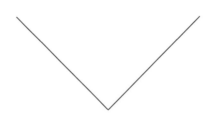

11장

편안하고 행복한 삶을
가꾸기 위하여

웰빙이란 무엇일까? 웰빙을 느낄 때는 웰빙이 무엇인지 알 수 있을 것 같다. 그러나 막상 웰빙에 대해 쓰기 시작하자, 웰빙을 정확히 어떻게 정의해야 좋을지 모르겠다는 것을 깨닫게 되었다.

여기저기를 뒤져본 결과 웰빙의 정의 중에서 가장 공감이 갔던 것은 2021년 카디프메트로폴리탄대학교Cardiff Metropolitan University의 연구진이 제시한 정의였다. 연구진은 웰빙이란 '개인이 지닌 자원과 마주하는 과제 사이의 균형점'이라고 주장했다. "안정적인 웰빙은 개인이 특정한 심리적, 사회적, 신체적 과제를 수행하는 데 필요한 심리적, 사회적, 신체적 자원을 소유하고 있을 때 일어난다."[29]

여러 의미에서 마음에 드는 정의다. 첫째, 무한한 유연성을 갖추고 있다. 100명 앞에서 발표를 하는 게 내게는 힘겨운 과제지만 누군가에게는 누워서 떡 먹기일 수도 있다. 이런 유연성은 개인 간의 차이뿐 아니라 한 사람의 컨디션 변화에도 적용된다. 해야 하는 과제와 자원의 관계는 아침저녁으로 달라진다. 나는 매일 부담 없이 조깅을 한다. 하지만 무역박람회가 끝나고 늦게 귀가했던 날의 저녁은 달랐다. 기진맥진한 상태였고 발도 아픈데 성공행진을 멈추기가 아쉬워서 운동화 끈을 묶고 있자니 눈물이 났다. 공원 두어 바퀴를 달리는 게 마치 사하라사막에서 마라톤을 하는 것만큼이나 버겁게 느껴졌다. 체력이라는 신체적 자원이 부족해서 평소라면 별것 아니었을 과제와의 균형이 맞지 않았던 것이다.

둘째, 해결해야 하는 문제가 없는 것은 문제에 짓눌려 있는 것과 마찬가지로 건강하지 못하다는 사실을 시사한다. 심리학자 미하이 칙센트미하이가 행복(그의 표현을 빌리자면 '몰입한 상태')은 불안과 지루함 사이의 좁은 경계 위에서 찾을 수 있다고 주장했던 것과 일맥상통한다.[30]

셋째, 자원을 늘려서 균형을 맞출 수 있는 한, 어떤 과제도 버겁게 느낄 필요가 없다는 것을 보여준다. 이 점은 탐험쓰기와도 깊은 관련이 있다.

웰빙의 세 가지 자원

내가 지닌 자원을 보강하는 방법은 무엇일까? 카디프대학교 연구진은 과제와 자원을 각각의 특성에 따라 신체적, 사회적, 심리적 유형으로 분류했다(유형이 서로 융합되기도 한다). 이제 각각의 자원에 탐험쓰기가 보탬이 될 만한 부분을 찾아보자.

신체적 자원

이 부분은 복잡할 것이 전혀 없다. 세라 밀른 로Sara Milne Rowe 코치가 제시한 고전적이고 절대적인 원칙을 지키면 최고의 신체적 자원을 갖출 수 있다. 잘 자고, 충분한 수분을 섭취하고, 운동하고, 식단을 관리하면 되는 것이다.[31] 탐험쓰기로 이 중 하나를 대체할 수 없을까 기대하는 독자가 있을지도 모르겠다. 안타깝게도 그건 불가능하지만 탐험쓰기는 면역체계를 활성화시키고 숙면을 취하는 데 도움이 된다는 연구결과가 있으니 그 점에서 위안을 얻도록 하자.[32]

사회적 자원

심리학자라면 누구나 웰빙에 필요한 요소로 의미 있고 긍정적인 인간관계를 꼽을 것이다. 이번에도 탐험쓰기가 별반 도움이 되지 않을 거라 생각하는 독자가 있을지도 모르겠다. '주변 사람들 이랑 시간을 보내는 게 낫지 않나?' 그러나 탐험쓰기는 혼자서 하는 활동임에도 사회적 자원을 쌓는 데 예상 밖의 도움을 준다. 예컨대 상대와 싸울지 말지 결정하기 전에 안전한 공간에서 문제를 숙고해 볼 수 있는 것이다. 또한 남의 시선에서 의식적으로 상황을 바라보는 사이 공감능력이 발달하기 때문에 인간관계를 매끄럽게 유지하는 데 도움이 된다. 상대방이 문제의 원인일 때, 다른 관점에서 상황을 바라보면 상대가 멍청이처럼 구는 이유 및 건설적으로 문제에 접근할 방법을 파악할 수 있다.

그러나 (인정하기는 싫지만) 문제의 원인은 대부분 상대가 아니라 나 자신이다. 이 경우 앞에서 다뤘던 자기이해를 위한 탐험쓰기를 하면, 내가 예민하게 느끼는 부분과 나의 어리석은 면을 발견하고 필요할 경우 그 점을 상대에게 쉽게 설명할 수 있다. 나를 잘 알면 내 문제를 해결할 역량도 늘어나므로 인간관계를 긍정적으로 풀어가는 데 도움이 된다(인연이 여기까지라는 것을 깨달을 수도 있지만, 이 또한 나의 웰빙에 긍정적 영향을 미친다).

심리적 자원

탐험쓰기는 특히 심리적 영역에 긍정적인 영향을 미친다. 불안, 부정적인 자기대화, 불만(침프의 소행이다) 등의 문제에 올바르게 대처하고 심리적 자원을 확충하며 웰빙을 유지할 수 있도록 돕는 것이다.

직장에서는 매일 불확실하고 버거운 상황에 부딪친다. 재택근무를 할 때에도 여전히 긴장의 끈을 늦출 수 없다. 퇴근한 뒤에도 상황은 마찬가지다. 우울한 뉴스를 듣고, 하늘 높은 줄 모르고 치솟는 전기요금이나 가스비에 맞추어 생활비 예산을 다시 짜고, 저녁 모임에서 이웃에게 멋진 인상을 심어주려고 애쓰는 사이에도 스트레스는 끊임없이 이어진다. 개중에는 스스로 택한 스트레스도 있고, 자의와 상관없이 겪게 되는 스트레스도 있다(여기서 말하는 스트레스는 병적 우울증이나 심각한 트라우마와는 다르다. 우울증이나 트라우마를 겪고 있다면 전문가의 도움을 받아야 한다. 하지만 일상적인 스트레스를 해소하려면 탐험쓰기의 일상적 마법을 활용하는 것도 바람직하다).

이 장에서는 심리적 자원을 마련하는 방법을 하나씩 알아볼 예정이다. 우선 글쓰기가 정신건강에 얼마나 도움이 되는지 보여주는 역사적 근거부터 살펴보자.

치유적 글쓰기

글쓰기에 치유적 효과가 있다는 사실은 수백 년간 알려져 왔다. 아리스토텔레스는 시를 공격했던 플라톤에 맞서 비극은 '카타르시스(유감과 두려움 등 부정적 감정이 해소되는 것)'를 안겨주기에 나름의 가치가 있다고 주장했다. 프로이트 또한 감정과 트라우마를 억누르는 것은 위험하다고 보았다.(물론 아리스토텔레스는 극작가보다는 관중에, 프로이트는 글쓰기보다는 대화를 통한 치료에 중점을 두기는 했다.)

표현적 글쓰기에 치유 효과가 있다는 생각이 주목받게 된 것은 1986년, 제임스 페니베이커와 샌드라 벨Sandra Klihr Beall이 글쓰기에 관한 초창기 연구를 진행한 뒤의 일이다.[33] 페니베이커는 거짓말 탐지기를 이용하여 스트레스에 대한 신체반응을 연구하는 과정에서 피험자가 죄를 털어놓고 나면 스트레스가 감소하는 수준을 넘어 완전히 안도한다는 사실을 발견했다. 이어 페니베이커는 트라우마를 감추지 않고 드러내면 건강에 어떤 영향을 미치는지에 관한 연구를 시작했다. 그러나 사람들에게 사적인 문제에 관해 마음을 열고 이야기하도록 권하는 데에는 윤리적, 현실적 문제가 따랐다. 문제를 해결하려고 애쓰던 페니베이커는 활용하기 편리한 방법을 찾아냈고, 그것에 '표현적 글쓰기'라는 이름을 붙였다.

결과는 놀라웠다. 트라우마가 된 과거의 경험에 관해 매일 15분간 글을 쓴 실험군은 병원을 찾는 횟수가 줄어드는 등 장기적으로 건강이 좋아졌다. 후속 실험에서도 같은 현상이 나타났다. 표현적 글쓰기를 실천한 실험군은 불안이 감소하고 기억력과 수면의 질이 높아졌으며 통제군보다 높은 업무성과를 보였다.

흥미를 느낀 페니베이커는 글쓰기의 어떤 특성이 가장 큰 긍정적 변화를 이끌어 냈는지 알아내기 위한 후속 연구를 진행했다. 연구에 참가한 피험자는 시간이 흐르면서 관점이 바뀌는 경향을 보였고 '깨닫다', '왜냐하면', '추론하다' 등 센스메이킹에 관련된 단어를 많이 사용했다. 이들이 더 행복해진 것은 단순히 카타르시스 때문이 아니라 경험을 성찰한 덕분이었다.

줄리아 카메론도 저서 《나를 치유하는 글쓰기》에서 매일 업무의 일환으로 탐험쓰기를 하는 어느 임원의 말을 소개했다.

> 조지프는 말했다. "소화해야 할 게 너무 많습니다. 매일 많은 사람을 만나고 많은 일을 하기 때문에 그 모든 것에 대해 내가 진정 어떻게 생각하는지 자문해 볼 공간이 필요합니다. 글쓰기를 하지 않으면 내 일상은 숙고해 볼 겨를도 없이 쏜살같이 흘러가 버리겠죠."[34]

여기서 조지프는 페니베이커의 실험군처럼 트라우마를 처리하려는 것이 아니다. 조지프는 여러분이나 나와 마찬가지로 할 일이 많은 사람일 뿐이고, 글쓰기는 조지프가 일 때문에 지나친 스트레스에 시달리지 않게끔 24시간 내내 옆을 지키는 심리치료사 역할을 해주었다.

이제 글쓰기가 심리적 자원 확충에 미치는 긍정적 연구결과는 뒤로 하고, 일상생활과 직장생활에서 탐험쓰기를 이용하여 매일 웰빙의 근간을 마련할 방안에 대해 생각해 보자. 탐험쓰기가 심리적 웰빙에 이바지하는 주된 영역은 네 가지로 나뉜다.

+ 정신적 회복력

+ 웰빙을 위한 센스메이킹

+ 자기코칭

+ 마음챙김

각 방식에 관해 자세히 알아보면서 지금까지 다룬 기술을 되새기는 한편 새로운 탐험을 시도해 보자.

정신적 회복력

다시 말하지만 '치유적 글쓰기'는 이 책의 범주를 벗어나 있다. 여기서 가리키는 정신적 회복력이란 일상적인 회복력, 즉 정신이 산란하거나 스트레스를 주는 일을 겪은 다음 빠르게 긍정적인 정신상태를 회복하고 효율적으로 활동하기 위한 능력을 의미한다(대개 적응력 및 유동성과 관련되어 있다).

'회복력'이라는 단어는 때로 잘못된 체계를 비난하는 대신 스트레스를 받으며 그 체계를 헤쳐 나가야 하는 개인을 비판하는 데 잘못 쓰이곤 한다. 이 경우 《조이 오브 워크》의 저자 브루스 데이즐리가 말했듯 "어서 회복하라고 주변에서 이야기하는 것은 도움이 되기는커녕 그 반대의 결과를 낳는다."[35] 물론 체계를 바꾸는 편이 훨씬 나은 해결책이겠지만, 체계를 바꿀 힘이 없다면 내가 제어할 수 있는 요소에 초점을 맞추는 것이 합리적이다. 그래서 사람들은 '회복'한다. 이런 상황이 옳다는 뜻은 아니다. 다만 현실적으로 생각하려는 것뿐이다.

50년 전만 해도 주변 환경 때문에 정신이 산란해지는 경우는 비교적 드물었다. 그러나 요즘은 (특히 직장의 경우) 매일같이 그런 일이 일어난다. 그 결과 많은 사람들이 만성 스트레스, 건강 악화와 업무성과의 저하를 겪는다. 병가를 내기도 하고, 표면적으로는 출근해서 일을 하고 있지만 제 역할을 거의 하지 못하는 경우도 있다.

물론 정신적 회복력이 강한 사람도 남들과 똑같이 온갖 상황의 방해를 받지만, 결과는 전혀 다르다. 회복력이 강한 사람은 더 건강하고, 업무집중도와 만족도가 높고, 효과적인 리더십을 발휘하며 꾸준히 배우고 발전한다.

앞서 다룬 신체적, 사회적 자원을 포함해 회복력에 작용하는 요인은 다양하다. 이제 그 밖에 탐험쓰기가 도움이 되는 주요 심리적 자원에 관해 알아보자.

스트레스에 맞서기

5장에서 탐험쓰기의 근본요소 중 하나인 역량에 대해 언급했는데, 여기서는 역량 그 자체에 관해 생각해 보려 한다. 가장 흔한 스트레스 요인은 무력감, 즉 온갖 일이 일어나는데 아무 대처도 할 수 없는 듯한 느낌이다. 하지만 우리는 사실 생각만큼 무력하지 않다. 탐험쓰기는 자율성(내가 원하는 대로 살아갈 수 있다는 느낌)을 다시 손에 넣을 공간을 열어준다. 내 이야기를 하는 능력을 되찾으면 외부에서 일어나는 일에도 더 쉽게 대응할 수 있다.

부정적 자기대화 줄이기

부정적 자기대화는 심리적 피로의 한 원인이다. 뭔가 잘못되면 왠지 내 탓이 아닐까 생각하게 된다. 침프가 주절댄다. "내가 평소에 정리를 더 잘 했더라면 / 머리가 좋았더라면 / 인맥이 넓었더라면 (뭐든 해당되는 사항을 고르면 된다) 이런 일은 없었을 텐데!"

이렇게 나를 비난하는 마음속의 목소리를 그냥 두면 자아비판에 빠져 에너지를 낭비하고 우울감에 빠지기 쉽다. 햇볕이 최고의 해독제라는 옛 격언은 여기에도 해당된다. 탐험쓰기를 이용해서 마음속의 자기대화를 밖으로 끌어내기만 해도 이런 말이 쓸데없이 가혹할 뿐, 아무 의미도 없다는 것을 알 수 있다. 그 이후에는 비난의 목소리를 반박하거나 무시하고, 내가 제어할 수 있는 요소에 집중하면서 새로운 해결책을 찾아내면 된다.

유쾌하게 생활하기

호기심이 두려움의 해독제이듯, 유쾌함은 스트레스의 천적이다.[36] 어른이 되고 나면 일상 중에 유쾌하게 놀 기회가 별로 없다.

설사 그럴 일이 생긴다 해도 마음껏 놀자니 어쩐지 낯부끄럽다. 그렇기 때문에 안전하고 개인적인 공간을 마련해 주는 탐험쓰기에 내재된 유쾌한 감각은 회복력을 다지는 강력한 수단이 된다. 앞서 다루었던 '침프 업어치기'나 '비유 만들기'와 같은 사고 실험에 익숙해지면 어려운 상황을 유쾌하게 뒤집거나 최악의 상상을 코미디로 바꿔놓을 수 있다.

웰빙을 위한 센스메이킹

6장에서 살펴보았듯 센스메이킹은 탐험쓰기의 근본 기술이자 웰빙을 뒷받침하는 수단이다.

평범한 일상이 이어지면 뇌는 흐름에 몸을 맡겨버린다. 사람들은 대부분 굳이 집중하지 않아도 되는 느슨하고 두서없는 생각을 하며 하루를 살아간다. 그 정도로도 충분하기 때문이다. 그러다 보면 아침에 어떤 신발을 신을지 고르는 정도의 생각만을 하는 습관이 몸에 밴다. 매일이 예상대로 흘러가면 굳이 능동적인 센스메이킹에 돌입할 필요가 없는 것이다.

그러나 새롭고 틀을 깨는 예상 밖의 일이 벌어지면 기존의 사고방식은 흔들리고 만다. 그러면 머릿속의 침프가 말하는 대로 분노, 슬픔, 부인 등 부정적인 심리적 경험을 겪거나, 머릿속의 인간을 따라 새로운 경험을 이해하기 위한 의식적인 노력을 기울이게 된다. 어느 쪽이 웰빙에 도움이 되는 반응일지는 굳이 말할 필요도 없을 것이다.

　일상에서 센스메이킹을 하는 방법은 주로 두 가지다. 첫째는 내 머릿속에서 하는 센스메이킹이고, 둘째는 남들과의 대화를 통해 하는 센스메이킹이다. 탐험쓰기는 이들보다 더 효과적인 세 번째 길이다. 생각을 구체화하는 동시에 남의 의견이나 억측에 휩쓸리지 않고도 다양한 아이디어와 그 의미를 탐색할 수 있기 때문이다.

　조직행동 전문가 칼 와이크는 글쓰기가 직장에서의 센스메이킹에 중요한 역할을 한다는 사실에 주목했다. "남을 설득하기 위한 의도적 글쓰기는 폭발적으로 증가했다. 그러나 대부분의 사람들이 간과한 것은 글쓰기를 이해의 수단으로도 활용할 수 있다는 사실이다."[37]

　센스메이킹이 항상 간단한 과정인 것은 아니다. 새로운 경험을 이해하고 그에 적응해서 마음의 평안을 재빨리 되찾을 수 있도록 돕는 단일하고 명확한 서사는 매우 드물다('될 대로 되라지' 또는 '운세를 보니 오늘 말다툼을 하게 될 거라던데' 등 게으른 접근방식을 택하지 않는다면 말이다). 7장에서 했던 마을회의 탐험에서 보았듯 경험을 이해하는 방식은 다양하며, 나의 내면에는 방금 일어난 일에 대한 각기 다른 서사를 내놓는 여러 목소리가 있기 때문이다.

　정신과 전문의의 상담실을 제외하면, 요즘 세상에서 안전하게 자아의 여러 측면을 드러낼 공간은 많지 않다. 사람들은 대개 일관된 의견을 내길 원하고, 남들도 내가 일관된 의견을 제시해

주기를 기대하기 때문이다. 그러나 사실 내 머릿속에서는 자아의 다양한 측면이 각기 다른 의견을 내놓고 있다.

회의를 하는 중이라고 상상해 보자. 점심시간이 코앞인데 회의가 늘어지고 있다. 그런데 갑자기 마케팅 부장이 전략을 바꾸자고 제안한다. 그리고 내게 "어떻게 생각하십니까?"라고 묻는다. 나는 "좋습니다"라고 대답한다. 결론이 나고 회의가 마무리된다. 그런데 묘하게 불만스럽고 자신이 마음에 들지 않는다. 그날 저녁, 배우자와 한바탕 싸우고 잠을 설친다.

외적 상황이 이렇게 흘러가는 동안 내면에서는 어떤 일이 일어나는지 살펴볼까?

마케팅 부장: "어떻게 생각하십니까?"

조급하고 배고픈 나: '바꾸면 바꾸는 거지, 뭐. 어찌 되든 상관없으니까 빨리 좀 끝내자. 오늘 구내식당 메뉴가 뭐였더라?'

인간관계를 걱정하는 나: '이 사람들은 내가 어떤 의견을 내길 바라는 걸까? 찬성해야 하나, 반대해야 하나? 내 의견을 따로 내야 하나? 내가 반대하면 A는 어떻게 생각할까?'

정치적인 나: '여기서 찬성하면 B가 다음 주에 내가 내놓을 안건을 지지해 주겠지.'

신중한 나: '뭔가 안 맞는 느낌이 드는데 제대로 설명할 수가 없네….'

대화가 일반적인 속도로 흘러가면 '신중한 나'는 거의 주목

받지 못한다. 하지만 몇 분가량 시간을 내어 전력질주 탐험쓰기를 하면서 아귀가 맞지 않는 느낌이 드는 이유를 탐색하면 '신중한 나'가 다시 목소리를 낼 수 있다. 점심시간에 몇 분만 혼자 글쓰기를 해보면 된다. 그러면 '신중한 나'는 결정을 재고해 보자고 말할 테고, 이로써 회사가 값비싼 실책을 저지르지 않도록 막고, 배우자와 평온한 저녁 시간을 보내고, 숙면을 취할 수 있게 될 것이다.

사실 다양한 반응과 내러티브가 존재할 수 있다는 사실을 깨닫기만 해도 웰빙에 큰 도움이 된다. 제일 처음 떠오르는 생각의 독재에서 해방되고, (처음에는 알아차리지 못했을지라도) 언제나 다른 선택지가 있으며 생각만큼 내가 무력하지 않다는 사실을 일깨워 주기 때문이다.

자기코칭

탐험쓰기를 통해 센스메이킹을 하는 과정은 근본적으로 자기코칭과 같다. 따라서 코칭 시스템을 마련해 두면 더 유용하고 효과적으로 활용할 수 있다. 물론 나 자신이 이야기를 하도록 두기만 해도 도움이 된다. 적절한 표현과 의미를 찾을 수 있기 때문이다. 하지만 내가 하는 이야기를 신중하게 숙고하면 단순히 도움이 되는 차원을 넘어 상황 자체를 바꿔놓을 수 있다. 예시를 살펴보자.

(**탐험과제**) 자기코칭을 하는 손쉬운 방법은 일반적인 전력질주 탐험 쓰기의 '일단 첫 마디'를 코치가 할 법한 말로 바꾸는 것이다. 최근 있었던 중요한 프로젝트, 대화, 과제에 관해 생각해 보자. 그리고 아래의 '일단 첫 마디' 중 한두 개를 골라 전력질주 글쓰기를 하면서 생각을 정리해 보자. 여러분이 생각한 '일단 첫 마디'를 활용해도 좋다.

'제대로 된 부분은 뭐지?'
'다시 이 일을 한다면 재고할 부분은 어디지?'
'그 일에서 가장 어려운 부분은? 이유는?'
'그 결정을 내리게 된 과정은 어떻게 흘러갔지?'
'나 자신의 발목을 잡은 부분은 어디지?'
'내가 이 일에서 얻은 중요한 교훈은 뭐지?'

웰빙을 도모하는 또 하나의 자기코칭법은 내 한계를 규정하는 고정관념을 찾아서 없애는 것이다. 탐험쓰기 습관이 정착되면 전에는 알아차리지 못했던 내 사고패턴이 눈에 들어올 것이다. 최근의 전력질주 글쓰기를 하나 골라 다시 읽어보면서 '나는 항상…' 또는 '나는 절대…', '~할 수 없다' 등의 표현이 들어간 문장을 찾아보자. 그 안에 내 한계를 규정하는 고정관념이 도사리고 있을 것이다. 흥미로워 보이는 글을 고르거나 지금 바로 '나는 항상…'으로 시작하는 문장을 하나 적은 뒤 재빨리 글을 써보자. 그런 다음 전력질주 글쓰기를 하며 글의 내용을 성찰하

자. 나 자신에게 이렇게 물어볼 수도 있다.

"이 생각이 '항상' 옳을까? 이 생각이 들어맞지 않는 경우는 어떤 상황일까?"

"이런 신념을 뒷받침하는 근거가 있을까?"

"이 생각은 어떤 가정에 바탕을 두고 있을까?"

"상황을 바라보는 다른 관점이나 더 유용한 관점이 있을까?"

외부에 여러분을 도와줄 유능한 코치가 있더라도 자기코칭의 습관을 들여두면 무척 유용하다. 언제 어디서나 나와 함께해줄 코치는 나 자신뿐이기 때문이다.

웰빙의 열쇠, 마음챙김

마음챙김을 가장 마지막에 다루게 된 데에는 여러 이유가 있다. 마음챙김은 웰빙과 정신건강의 주된 요소지만, 너무 남용되어 정의하는 게 불가능하게 느껴졌기 때문이다. 그러나 마음챙김이란 잠시 멈춰 서서 그 순간을 음미하고, 자의식에 빠지는 대신 자기인지를 하고, 나 자신과 내 생각을 분리해서 숙고하는 행위라는 데에는 큰 이견이 없을 것이다. 사실 마음챙김은 탐험쓰기에 몰입하는 경험과 비슷하다. 그러나 대부분의 사람들이 마음챙김을 할 때 흔히 쓰는 방법은 글쓰기가 아니라 명상이다. 내가 어려움을 느끼는 지점은 바로 그 부분이다.

명상이 도움이 된다는 것은 나도 인정한다. 여러 과학적 증거가 있으니 그 사실을 부인하는 것은 바보 같은 짓일 테다. 하지만 나는 명상에 능숙하지 못하다. 솔직히 말하면 쉽게 따분해져서 주의를 집중하기 어렵다. 여러분이 나와 비슷하다면 여러분만 그런 것은 아니며, 명상을 잘하지 못한다 해서 삶을 숙고하지 못하는 불운을 타고난 것도 아니라는 사실을 알아주었으면 한다. 마음챙김은 명상과 동의어가 아니다. 사실 사람들은 오랫동안 각기 다른 방식으로 마음챙김을 실천해 왔다.

로버트 피어시그의 명저 《선과 모터사이클 관리술》은 10대 때 내가 무척 아끼던 책이다. 신비로운 동양의 영적 사상과 모터사이클을 고치는 세속적인 일을 연결한 제목은 내 상상을 자극했다. 피어시그가 말했듯 "여러분이 고치고 있는 모터사이클의 진짜 이름은 바로 '나 자신'이다."[38] 나는 철학자는 못 된다. 모터사이클을 타지도 않는다. 하지만 내게 있어 탐험쓰기는 피어시그의 모터사이클 수리와 같다. 나 자신을 발견하는 공간인 것이다.

나 말고도 이런 연결고리를 찾아낸 사람은 많다. 피터 엘보는 자신이 생각하는 '선禪'이란 "에너지를 집중하고 나를 통제하는 자아를 한편에 밀어둘 때 찾아오는 에너지와 지혜의 특별한 증가"[39]라고 썼다. 내가 생각하는 자유쓰기와 딱 들어맞는 정의다. 메건 헤이즈는 저서 《쓴다는 것의 즐거움》에 '글을 쓰며 느끼는 매일의 선'이라는 부제를 달았다.

　내게 있어 탐험쓰기는 명상보다 더 효과적인 마음챙김 수단이다. 바로 그 순간에 집중할 수 있도록 나를 붙들어 두는 초점과 탐색할 공간을 마련해 주기 때문이다.

　나만 그런 것은 아닌 성싶다. 생산성 전문가 프란체스코 달레시오Francesco D'Alessio는 이렇게 말했다. "명상은 효과적인 방안이지만 일지 작성만큼 효과적이지는 않다. 불안 및 우울 장애 개선과 과학적으로 밝혀진 긍정적 효과로 미루어 볼 때, 일지 쓰기는 명상보다 낫다."[40] (달레시오는 여기서 '일지 작성'이라는 표현을 썼지만 그게 탐험쓰기의 다른 이름이라는 것은 다들 눈치챘을 것이다.)

　성과를 내야 한다는 압박감으로부터 자유로운 상태에서 탐험쓰기를 하면 가치평가를 하는 데 에너지를 낭비하는 대신 모든 감각을 과제에 집중해서 깊이 이해하고 그 순간을 완전히 누릴 수 있다. 스트레스를 받거나 불안할 때 혼란의 소용돌이에 휘말리지 않는 효과적인 방법이다.

　마음챙김은 영성에 뿌리를 둔다. 그러므로 탐험쓰기를 영성의 측면에서 바라보더라도 크게 무리는 없을 것이다. 나는 처음으로 탐험쓰기를 발견했던 그날 밤 새벽 3시에 내가 쓴 글이 시편에 담긴 내용과 비슷하다고 종종 생각하곤 한다.

　　야훼여! 힘이 부치오니 나를 불쌍히 여기소서.
　　뼈 마디마디 쑤시오니 나를 고쳐주소서.

내 마음이 이토록 떨리는데,

야훼여 언제까지 지체하시렵니까?[41]

다윗도 영혼의 길고 어두운 밤을 헤치면서 나와 비슷한 본능을 느꼈을지도 모르겠다. 다윗은 불안을 표현하기 위해 글을 썼고, 자신의 생각과 감정을 아플 만큼 진솔하게 신 앞에 내보였다. 그리고 그 과정에서 평안을 찾고 믿음을 되살렸다.

여러분이 종교를 믿든 믿지 않든, 이 점은 기억해 둘 만하다. 평소에는 일상적인 걱정거리 아래 숨겨져 있지만 새벽 3시의 그 순간에는 부정하기 어려운 영적 측면이 우리의 삶에는 분명 존재한다.

글쓰기는 영적 존재에게 모든 것을 쏟아내도록 해준다. 크고 안온한 신적 존재는 내가 털어놓는 슬픔, 죄책감, 불안, 고통을 모두 받아들이고 나아가 새로운 시각을 찾도록 돕는다. 시편의 인상 깊은 구절에 믿음을 좇아 위를 올려다본다는 비유가 담겨 있고, '상승의 노래(예루살렘을 찾는 순례자들이 자주 읊어 '순례자의 노래'라고도 한다)'라는 별칭이 붙은 것은 우연이 아니다.

이 산 저 산 쳐다본다.

도움이 어디에서 오는가?

하늘과 땅을 만드신 분,

야훼에게서 나의 구원은 오는구나.[42]

기도가 정신건강에 이롭다는 근거는 많다.[43] 불안한 생각을 표면화하고 표현하며, 남을 위해 기도할 때에는 공감을 되새기기 때문일 것이다. 기도보다는 명상이라는 표현을 선호하는 독자도 있을 텐데 많은 문화권에서 기도와 명상은 그리 다르지 않다. 어쩐지 고양된 분위기에서 이 장을 마무리하게 되었는데, 여기서 멈추지는 말자. 종이가 열어주는 공간은 여러분이 상상하는 것보다 훨씬 크니까.

Exploratory Writing

3부

더 멀리 나아가기

먼저 축하의 말을 전하고 싶다. 지금쯤 여러분은 노련한 탐험가로 거듭났을 것이다. 2부에서 했던 글쓰기 모험이 즐거웠기를 바란다. 책에서 소개한 탐험은 여러분 스스로 모험을 떠나도록 돕기 위한 제안일 뿐이다. 각자에게 맞는 방식으로 수정하거나 '일단 첫 마디' 대신 다른 수단을 활용해도 무방하다.

이 책의 주된 목표는 일상과 직장에서 개인적 탐색과 발전을 위한 도구로 글쓰기를 활용하도록 돕는 것이다. 그러나 거기서 멈추지 않고 더 멀리 나아갈 수도 있다. 이제 '글쓰기'라는 단어에 담긴 고정관념과 나 자신, 이 책의 마지막 장을 넘어 세상으로 나아가 보자.

12장

글자를 넘어

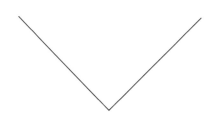

글쓰기라고 하면 사람들은 우선 글자를 떠올린다. 하지만 이 장에서는 비언어적 표현에 관해 생각해 보려고 한다. 더 쉽게 말하자면, 바로 '그림'이다.

'그림이라고? 아니, 글쓰기에 관한 책 아니었어?'라고 생각할지도 모르겠다. 물론 그렇다. 하지만 굳이 이분법적으로 생각할 필요는 없을 것 같다. 그림을 그리든 글을 쓰든 간에 종이를 활용해서 센스메이킹을 한다는 점은 같으니까. 컴퓨터와 키보드가 아니라 펜(연필)과 종이를 활용하는 것을 선호하는 이유는 생각이 이끄는 대로 언어적 표현과 비언어적 표현 사이를 쉽게 오갈 수 있기 때문이다. 하지만 생각을 그림으로 표현하는 데 익숙하지 않은 독자를 위해 어째서 아이디어를 그림으로 나타내는 것이 바람직한지, 또 어떤 식으로 그림을 그리면 좋을지 간단히 설명해 두려 한다.

대개 언어에 기반을 둔 전력질주 글쓰기는 느슨하긴 해도 한줄기로 나아간다. 이를테면 내 생각의 실마리를 따라가는 것이다. 하지만 생각이 항상 일직선으로 뻗는 것은 아니다. 특히 신경전형적인 사람이 아니라면 더욱 그렇다. 그래서 생각 간의 관계를 공간적으로 표현하는 테크닉은 탐험쓰기의 도구함에 챙겨둘 만한 귀중한 도구다.

회사생활을 하던 몇 년 전, 기획담당자와 함께 원자재 조달 문제에 관한 회의를 하고 있었다. 잠깐 이야기가 오간 뒤, 기획담당자가 공책을 꺼내서 가로로 길게 놓더니 네모와 화살표를 그리기 시작했다. 내 눈이 동그래진 것을 눈치챘는지 "쉰 줄에 들어서야 문제를 그림으로 나타내면 해결하는 데 걸리는 시간이 절반으로 줄어든다는 걸 알았지 뭐요"라며 웃었다. 20년 뒤에 스스로 깨닫게끔 두지 않고 30대 초에 귀중한 교훈을 가르쳐 준 그분께는 항상 감사하는 마음을 갖고 있다.

시각은 강력한 힘을 발휘한다. 사람은 글보다 시각정보를 수백 배, 아니 수천 배 더 빠르게 흡수하고 더 오래 기억한다. 탐험쓰기에 시각적 테크닉을 추가하면 뇌를 통째로 활용할 수 있다. 좌뇌뿐 아니라 우뇌도 활성화되고, 더 창의적으로 생각하고, 연결, 패턴, 요소 간의 관계를 인식하고, 내 아이디어를 명확하게 이해하고, (때가 되면) 남에게 더 효과적으로 아이디어를 전달할 수 있게 되는 것이다.

대단한 예술작품을 그리라는 게 아니니 '난 그림 솜씨가 영별로인데'라는 핑계를 대지는 말자. 청색시대의 피카소로 변신하라는 게 아니다. 아무도 보지 않을 글을 쓰면 자유롭게 생각할 수 있듯, 아무도 어깨너머로 참견하지 않는다고 생각하며 그림을 그릴 때에도 해방감을 누릴 수 있다(어쩌면 숨겨진 미적 재능을 발견하게 될지도 모른다. 이 기회에 화가로 거듭나서 전시회를 열게 된다면 내 덕임을 잊지 말아주길 바란다). 명작을 그리지는 못하더라도 네모 안에 아이디어를 쓰고 선을 그어 연결하는 정도는 누구나 할 수 있다. 그것만으로도 내 생각에 신선한 창의적 엔진을 다는 셈이다. 시각적으로 사고하면 아이디어에 대해 다른 방식으로 생각하게 되므로 새로운 가능성의 세계가 열린다.

그럴 법하다는 생각이 든다면 여러분도 익히 알고 있을 간단한 시각적 테크닉부터 활용해 보자. 바로 마인드맵을 그리는 것이다.

마인드맵

마인드맵은 가장 대중적이고 유용한 시각 테크닉이다. 마인드맵이라는 단어는 사고 기술 분야의 전문가 토니 뷰잰Tony Buzan이 고안한 것이지만, 이런 종류의 방사

형 도표는 사람들이 종이 위에 생각을 기록하기 시작했을 때부터 존재해 왔다.

마인드맵은 어디에나 활용할 수 있다. 나는 책, 블로그 포스팅, 발표, 강연, 그 밖의 온갖 것을 기획할 때 반드시 마인드맵을 그리는 데서부터 시작한다. 마인드맵은 또한 대규모 목표나 프로젝트를 작은 덩어리로 쪼갬으로써, 부담감에 억눌리지 않고 곧장 행동을 개시하도록 해준다.

기본적인 데서부터 시작해 보자. 마인드맵은 간단히 말하자면 계층적이고 주변으로 뻗어나가는 형태의 도식이다. 우선 종이 한가운데에 주제를 쓴다. 그 주변에 관련된 소주제를 쓰고 줄을 그어 연결한다. 그런 다음 소주제 옆에 그와 연관된 자세한 내용을 적으면 된다.

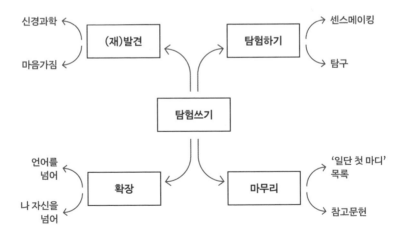

독자 여러분도 기본적인 마인드맵의 형태는 잘 알고 있을 것이다. 자주 쓰는 마인드맵 소프트웨어가 있을지도 모르겠다. 하지만 앱에 익숙하더라도 직접 손으로 마인드맵을 그려보자. 그래야 하는 이유는 다음과 같다.

+ 운동감각적 측면에서 보면 키보드를 두드릴 때보다 종이와 펜을 이용할 때 뇌가 더 활성화되어 창의력을 효과적으로 발휘할 수 있다.[1]
+ 책상 위, 벽, 화이트보드 등에 새로 그린 마인드맵을 며칠 붙여두면 큰 효과를 볼 수 있다. 새로운 생각이 떠오르거나 연관관계를 발견할 때마다 매일 마인드맵을 확장시켜 나갈 수 있기 때문이다.
+ 복잡하지 않다. 단축키를 외울 필요도 없다. 소프트웨어 다루는 법을 익히는 대신 아이디어 자체에 완전히 집중할 수 있다.
+ 필요할 때 곧바로 그릴 수 있다. 영감이 떠오르면 언제든 펜을 들고 냅킨이나 봉투 뒷면 등 어디에나 그리면 된다.

(탐험과제) 이제 시작해 보자. 우선 프로젝트, 해결해야 하는 문제, 숙고해 보고 싶은 아이디어 등 머릿속에 떠오르는 주제 중 하나를 고르자. 그리고 최대한 큰 종이를 찾아보자. A4 크기여도 되고, A3 크기면 더욱 좋다. 괘도용 전지나 둘둘 말린 커다란 종이라면 더 바랄 나위가 없다. 종이를 가로로 길게 놓고 한가운데에 생각해 볼 주제를 쓰자. 그리고 타이머를 6분에 맞춘 다음 마음껏 마인드맵을 그려보자.

그런 다음 잠깐 숙고해 보자. 마인드맵과 같은 시각적 테크닉은 지금까지 해온 탐험쓰기와 어떤 면에서 질적으로 다를까? 내 에너지에는 어떤 변화가 생겼을까? 뇌는 지금까지와는 어떻게 다른 방식으로 활동했을까? 이런 시각적 기법과 지금까지 익힌 수단을 함께 활용할 방법은 무엇일까?

도표

마인드맵은 도식의 일종이다. 파워포인트를 이용해서 연간 업무성과를 발표해 본 적이 있는 독자라면 도식 중 막대그래프, 원그래프, 체계도 등이 친숙하게 여겨질 테고, 그 외의 표, 차트, 도표 등도 책이나 기사 등에서 본 적이 있을 것이다.

도표는 대개 일이 마무리된 뒤 자료를 정리하는 수단이라는 인상이 강하다. 즉 어떤 말을 하고 싶은지 정확하게 아는 상태에서 메시지를 제대로 전달하기 위한 도구로 활용하는 것이다. 그러나 도표는 탐험쓰기를 할 때 개념 간의 연관성을 찾고 또 새로 연결하면서 아이디어를 명확하게 이해하는 데에도 큰 도움이 된다. 하나하나 제대로 다루려면 책 한 권을 따로 써도 모자랄 테니, 탐험쓰기에 특히 유용한 몇 가지만 집중해서 소개하고자 한다. 그중에서도 내가 가장 즐겨 쓰는 2×2 형식의 표('마법의 사분면'이라는 별명으로도 잘 알려져 있는데, 경험상 '마법'이라는 표현은 과언이 아니다) 에서부터 시작해 보자.

2×2 표

표를 만드는 방법은 간단하다. 2행 2열의 표를 그리고 변인 두 개를 골라 세로축과 가로축에 써넣으면 완성된다. 가장 유명한 것은 아이젠하워 표이다. 드와이트 아이젠하워Dwight Eisenhower 대통령이 처음 쓰기 시작했고 스티븐 코비가 《성공하는 사람들의 7가지 습관》에서 소개하면서 널리 알려졌다.

여기서 고른 변인은 다음과 같다.
1. 중요한 과제인가?
2. 시급하게 처리해야 하는가?

아이젠하워는 각 사분면에 다른 전략을 적용했다.

+ 시급하지도, 중요하지도 않은 일: 하지 않는다. 할 일 목록에서 삭제한다.
+ 시급하지만 중요하지 않은 일: 남에게 위임한다.
+ 시급하지 않으나 중요한 일: 결정을 내린다. 일을 처리할 계획을 세운다.
+ 시급하고 중요한 일: 지금 처리한다.

간단하면서도 유용한 앞의 표는 매일 그날의 업무를 분석하는 데 도움이 된다. (아직 앞의 표만큼 유명하지는 않지만) 내가 만든 2x2 표는 탐험쓰기에 맞는 사고방식을 갖춰가던 초기, 업무용 글을 분류하기 위해 고안한 것이다.

아이젠하워의 표처럼 매력적이지는 않더라도 내 생각을 정리하고 남에게 전달하는 데 무척 유용한 표다. 변인을 이분법적으로 나누는 대신 스펙트럼 형식으로 써두었는데, 그렇게 하는 편이 좀 더 현실적이기 때문이다.

탐험쓰기를 할 때 나는 왼쪽 아래 칸의 왼쪽 아래 가장자리에 있다. 이 상태의 아이디어는 모호하고, 글을 쓰는 것 또한 나만을 위한 일이다. 아이디어가 형태를 갖추고 점점 더 구체적인 글을 써나가면서 내 상태는 왼쪽 위의 사분면으로 올라간다. 무슨 말을 하고 싶은지 좀 더 명확히 알게 되는 것이다. 내가 신뢰하는 사람들과 함께 아이디어에 관한 이야기를 나누고, 조언을 얻고, 상대 또한 아이디어에 흥미를 느끼고 관심을 가지면 왼쪽 아래 칸에서 오른쪽 아래 칸으로 나아간다. 그러다 마침내 어느 시점이 오면 아이디어를 세상에 내놓을 준비가 끝난다. 여러분이 지금 읽고 있는 이 책은 오른쪽 위 칸에 위치하고 있다. 최대한 명료하게 외부의 독자에게 다가가려는 노력의 소산이기 때문이다.

앞의 표를 이용하면 웬만한 업무용 글의 개요는 모두 짤 수 있다. 생각을 이런 식으로 정리하면서, 나는 뜻밖에도 오른쪽 아래 칸(아이디어가 아직 모호할 때, 남의 도움을 받아 생각을 다듬는 것)의 중요성을 깨닫게 되었다. 이 표를 통해 발견한 또 하나의 귀중한 결과물은 각 사분면을 설명하는 단어다. 이 표야말로 내가 '탐험쓰기'라는 용어를 고안하게 된 계기였다.

(탐험과제) 이제 직접 2×2 표를 만들어 보자. 미리 말해두는데, 효과가 엄청날 수도 있고 별로일 수도 있다. 그다지 효과가 없더라도 괜찮다. 아직 탐험 단계이고, 결과물이 별 볼 일 없을지라도 투자한 시간은 6분에 지나지 않기 때문이다(물론 놀랄 만큼 멋진 결과물을 보게 될 수도 있다).

이번에도 여러분의 머릿속을 맴도는 문제를 고르자. 리더십 스타일, 업무 철학, 고객에게 설명하고 싶은 개념 등 뭐든 상관없다. 그리고 두 개의 축에 제목을 달자. 아이젠하워가 했듯이 이분법적으로 나누어도 좋고(시급함/시급하지 않음), 내가 만든 표처럼 스펙트럼 형식으로 나타낼 수도 있다(더 명료함/덜 명료함).

모든 탐험쓰기가 그렇듯 우두커니 앉아서 어떻게 글을 시작할까 고민하는 것은 그리 도움이 되지 않는다. 그냥 곧바로 시작하는 편이 더 낫다. 우선 표를 그리고 이것저것 생각나는 대로 써보자. 첫 번째 표가 별로였다면 다른 방식으로 한 번 더 써보자. 6분 만에 완벽한 표를 완성할 확률은 낮지만 생각을 발전시킬 유용한 지혜 한두 가지, 또는 이후 좀 더 다듬어 볼 만한 개략적인 아이디어를 얻을 가능성은 매우 높다.

어떻게 시작할지 도무지 모르겠다면 한 걸음 뒤로 물러서자. 잠깐 위에서 소개한 표 중 하나(아이젠하워식 표 또는 업무용 글쓰기 표)를 활용해서 여러분의 상황에 적용해 보자. 그러면 실전에서 어떻게 표를 활용할지 대략 감이 올 테고, 그렇게 원리를 파악하고 나면 모형을 활용할 방법에 관한 아이디어가 떠오를 것이다.

탐험이 어려워도 걱정하지 말자. 정답이 있는 것도, 높은 점수를 받아야 하는 것도 아니니 말이다. 중요한 것은 여러분이 지닌 생각의 도구 상자를 확장하는 것이다. 단, 시각적 모형을 활용하는 경험에 관해서는 다음과 같이 잠깐 숙고해 보자. 어떤 면에서 도움이 되었을까? 어떤 부분이 어려웠을까? 시작 단계에 있는 표를 앞으로 어떻게 발전시켜 나가면 좋을까?

특성요인도

　　　　　　탐험적 사고의 바탕이 되는 또 하나의 도표로는 '특성요인도fishbone diagram'가 있다. 1960년대, 조직 이론 전문가 카오루 이시카와Kaoru Ishikawa 도쿄대 교수가 품질관리에 관해 연구하면서 고안한 도표다. 특성요인도는 단정한 마인드맵과 비슷하다. 일반적인 마인드맵은 여기저기로 뻗어나간다(사실 그 점이 핵심이다). 반면 특성요인도는 특정 문제(대개 내가 고치고 싶은 문제)를 철저하게 탐구하기 위한 바탕을 마련해 준다. 보통 프로젝트 관리 및 경영 분석에 자주 활용하는데, 문제를 진단하는 대신 해결책을 역설계하는 방식으로 탐험쓰기를 할 때에도 무척 유용하다.

　어떤 방식으로 활용할 계획이든 간에 기본 원리는 같다. 먼저 물고기의 머리 부분에서 시작한다. 물고기의 머리는 일의 결과, 마인드맵의 중심, 탐구하려는 주제다. 재발을 방지하기 위해

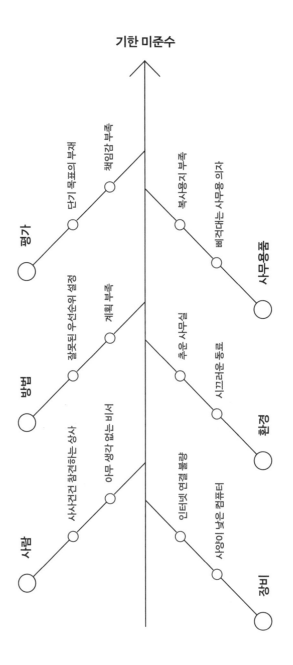

기한 미준수

평가
　단기 목표의 부재
　책임감 부족

방법
　잘못된 우선순위 설정
　계획 부족

사람
　사사건건 참견하는 상사
　아무 생각 없는 비서

사무용품
　복사용지 부족
　삐거대는 사무용 의자

환경
　추운 사무실
　시끄러운 동료

장비
　인터넷 연결 불량
　사양이 낮은 컴퓨터

확실히 이해하고 싶은 문제점일 수도 있다. 예시에서는 마감을 어긴 것이 문제다. 종이를 가로로 길게 놓고 보면 가장 오른쪽의 생선 머리에 그 내용이 적혀 있다. 머리를 완성한 다음에는 꼬리 쪽으로 길게 가로선을 긋는다. 이 선은 물고기의 등뼈가 된다.

여기서부터 마법이 시작된다. 물고기의 등뼈에서 사선으로 뻗어 나오는 잔뼈를 그린 다음 결과에 이르게 된 주요 원인을 적는다. 끄트머리에 원인의 범주를 적어두는 것이 좋다. 예시에서는 사람, 방법, 평가 등의 항목이 적혀 있다. 그런 다음 잔뼈 옆에 가로로 문제의 구체적 원인을 적는다. 예시를 보면 '사람' 항목 아래에는 '사사건건 참견하는 상사'와 '아무 생각 없는 비서'가 있다 (마치 그럴듯한 오피스 드라마의 줄거리 같은 느낌이다. 드라마라면 삐걱거리는 의자가 줄거리의 전개에 중요한 역할을 차지했을지도 모르지만).

특성요인도는 문제해결에 무척 유용한 도구이므로 상황을 개선할 실마리가 필요한 때에 꼭 한번 활용해 보기 바란다. 이번 탐험에서는 특성요인도의 방향을 뒤집어, 과거를 되돌아보며 문제를 분석하는 것이 아니라 미래를 내다보는 수단으로 이용해 보았다.

(탐험과제) 앞의 그림처럼 생선뼈 모양의 도식을 그리되, 머리 부분에 이해하고 고쳐야 하는 문제점 대신 내가 원하는 결과를 써넣고, 등뼈와 가시 부분에는 결과를 달성하는 데 도움이 될 만한 일들을 적어보자. 즉

생선 머리 부분에 '기한 준수'라 쓴 다음, 6분간 타이머를 맞춰두고 가시 부분의 빈칸에 목표를 이루는 데 도움이 될 요소를 적으면 된다. 원하는 결과를 역설계해 보는 것이다.

비교적 채우기 쉬운 항목이 있을 테고 전반적으로 흥미로운 경험이 될 것이다. 잔뼈 끄트머리 부분에 좀 더 시간을 투자하는 것이 바람직하다. 내가 미처 모르고 있는 점을 짚어줄 수도 있으니 남의 의견을 구하는 것도 한 방법이다.

작업이 끝날 즈음에는 여러 행동지침과 아이디어가 떠올랐을 테니 꼭 기록해 두자. 우선순위를 정하고 행동을 개시하려면 아이젠하워식 표를 활용해도 좋다. 과정도 다시 살펴보자. 특성요인도처럼 구조적인 시각적 도식을 이용하는 편이 바람직한 결과를 이끌어 냈는가? 특성요인도는 일반적인 마인드맵과 비교했을 때 어떤 상황에 더 적합할까?

개념도

마지막으로 다룰 모형인 개념도는 다양하고 유동적이며 무한히 확장이 가능하다. 개념도는 특정 주제의 구성요소가 무엇인지, 또 서로 어떻게 연관되어 있는지 보여준다.

여기서는 과정도, 순환도, 관계도 등 세 가지 개념도에 관해 알아보자. 서로 약간씩 겹치는 부분이 있다(이 책에서는 경영기획 담당자가 흔히 쓰는 복잡한 분석도구가 아니라 탐험쓰기의 시작을 돕는 도구에 관해 살펴보려 한다. 그림을 그리는 데에는 정답도, 오답도 없다. 여기서 소개하는 그림은 그대로 베껴야 하는 견본이 아니라 디딤돌이라는 것을 잊지 말자).

과정도

과정도는 주요 단계를 순서에 따라 보여주는 단순하고 직선적인 도식이다. 필요할 경우 설명을 추가해도 된다.

너무 간단해서 웃음을 터뜨리는 독자가 있을지도 모르겠다. 그러나 아무리 단순할지라도 전후과정을 제대로 나타내려면 머릿속으로 주요 단계가 무엇인지, 제목은 어떻게 붙여야 할지 명확히 생각을 정리해야 하므로 도식을 그려보는 자체로 의미가 있다. 내 생각을 남에게 전달할 때, 세부적인 부분에 대해 이야기하기 전에 먼저 전체적인 과정을 보여주면 무척 큰 도움이 된다. 나아갈 방향을 알면 쉽게 정보를 이해하고 또 기억할 수 있기 때문이다.

순환도

순환도는 일반적인 선형과정도를 약간 변형한 것으로, 반복되는 과정을 나타낼 때 쓴다. 얼마 전 책 출간 과정에 관해 발표할 때 내가 활용한 순환도를 소개한다. 마케팅이 과정 전체에서 중심적인 역할을 한다는 것을 알 수 있다.

　　순환도를 꾸미는 방법은 무궁무진하다. 순환도 안에 순환도를 넣거나, 연쇄적으로 연결하거나, 시작과 끝을 설정해서 순환의 고리를 끊는 등 개념을 더 효과적으로 나타낼 수 있는 장치라면 무엇이든 시험해 보자.

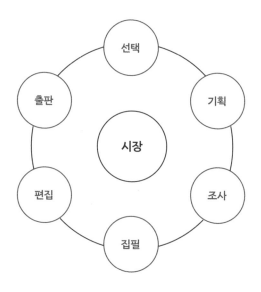

관계도

개념도 중에서 마지막으로 소개할 것은 바로 관계도다. 과정도와 순환도는 과정의 흐름을 나타내는 반면 관계도는 개념적 요소가 어떻게 연관되어 있는지 보여주는 데 초점을 맞춘다.

그중에서도 가장 유명한 것은 미국의 심리학자 매슬로^{Abra-ham Maslow}의 욕구단계론에서 볼 수 있는 삼각형 모형이다. 인터넷에는 이 모형을 농담 삼아 비튼 것도 있는데, 개인적으로 무척 마음에 든다.

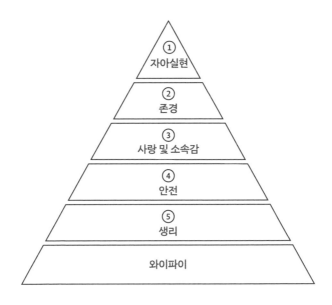

아래에서 위 방향으로 진행되는 삼각형으로, 하위 욕구가 충족되어야 위의 욕구를 추구하게 된다. 서로 연관되어 있고 점차

복잡해지거나 정밀해지는 단계를 나타낼 때 유용하다.

그 밖에 유용하고 고전적인 도식으로는 벤다이어그램이 있다. 벤다이어그램은 마케팅 문구를 쓸 때 나의 특징이 무엇인지 등을 파악하는 데 사용할 수 있다. 개인적으로 경제경영서를 쓰는 저자가 책의 주제를 정하는 것을 도울 때 벤다이어그램을 이용하곤 한다. 세 개의 원에 각기 '나의 전문성', '고객의 욕구', '미래'라는 제목을 단다. 원 세 개가 모두 겹치는 가운데 부분이야말로 책으로 쓰기에 적절한 주제다.

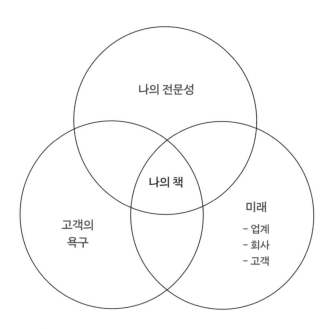

맞춤모형

지금까지 살펴본 전통적인 모형도 훌륭한 출발점이 되어주지만, 거기서 한 걸음 더 나아가 완전히 새로운 나만의 모형을 만드는 것도 얼마든지 가능하다. 리더십 코치 베키 홀**Becky Hall**이 《충분함에 대하여**The Art of Enough**》에서 활용한 도식이 한 예다.[2]

홀이 제시하는 '충분'이라는 개념의 주요 구성요소가 잘 드러나 있고, 한쪽에는 '부족(충분하지 않다는 느낌)', 반대쪽에는 '과도(지나치다는 느낌)'를 배치해서 균형을 이루도록 했다. 유사성에

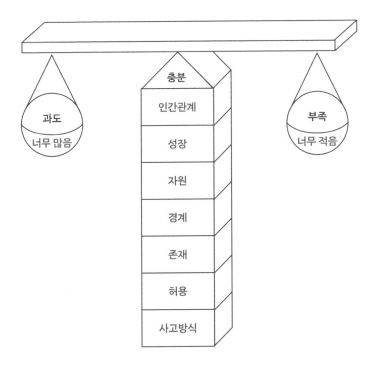

착안한 멋진 도식으로, 인상적인 목차 역할도 할 수 있다.

나만의 독특한 도식을 개발해 본다면 어떨까? 직접 해보기 전에 우선 개발 과정을 살펴보자. 지금은 탐험 단계이자 다듬어지지 않은 '초기 단계ugly-baby stuff'라는 점을 잊지 말자.[3] 고작 6분간 전력질주를 한 끝에 세상 사람들에게 선보여도 될 만큼 완전한 도식이 튀어나올 가능성은 극히 낮다. 하지만 나중에 좀 더 손보면 쓸 만해질 아이디어, 적어도 문제에 접근할 새로운 사고방식은 충분히 도출할 수 있다(그것이야말로 모든 탐험쓰기의 목표다).

쉽지 않은 일인데 굳이 해야 할 필요가 있을까? 개인적인 의견으로는 두 가지 이유가 있다. 첫째, 앞서 보았듯이 아이디어를 시각적으로 표현하면 직선적으로 글을 쓸 때와는 다른 관점에서 상황을 파악할 수 있다. 어느 쪽이 더 낫다기보다, 말 그대로 '다른' 것이다. 탐험 단계에서는 내가 가진 자료를 최대한 다양한 각도에서 보는 것이 좋다. 새로운 각도에서 볼 때마다 무언가 새롭고 흥미로운 부분이 눈에 들어올 것이다. 기존의 모형을 활용해도 좋겠지만 스스로 모형을 만들어보면 놀라우리만큼 명료하게 상황을 이해할 수 있고, 기존의 모형에 맞추느라 아이디어를 비틀거나 변형할 필요도 없다.

둘째, 백문이 불여일견이라고, 남에게 내 아이디어를 전달할 때에는 말보다 시각적 자료를 이용하는 편이 훨씬 영향력 있고 효과적이다. 세상에 선보이고 저작권을 낼 수 있을 만큼 독창적인 모형, 남들이 활용함으로써 나와의 연결고리를 맺을 수 있는 모형은 나만의 지적 재산이 되고 실질적인 가치가 있다. (두 번째 이유도 중요하지만, 초기에 너무 그런 방향으로 치우치면 부담스러워서 오히려 발목을 잡힐 수 있으니 주의하자. 초기 단계에서는 탐험쓰기의 일환으로 도식을 활용할 때 얻을 수 있는 장점에 집중하자. 쓸 만한 모형이 생각난다면 기분 좋은 보너스가 되는 셈이다.)

자, 그렇다면 어떻게 독창적인 시각모형을 만들 수 있을까? 네 단계만 거치면 충분하다. 이 역시 과정도를 이용해서 보기 좋게 나타내 보았다.

우선 무엇을 위한 모형을 만들지 파악해야 한다. 지금까지 해온 탐험쓰기를 통해 어느 정도 아이디어를 얻었길 바란다. 그러면 첫 번째 단계가 크게 어렵지 않을 것이다.

두 번째 단계에 이르면 본격적인 작업이 시작된다. 과정, 단계, 개념 등 모형에 넣어야 하는 요소를 쏟아내야 한다. 삶을 이루는 대부분의 요소에 들어맞는 아인슈타인의 원칙을 여기에도 적용해 보자. "가능한 한 단순하게 만들어야 한다. 그러나 너무 단순하게 만들어서는 안 된다."

종이에 써도 되지만 포스트잇을 사용하는 것을 추천한다. 세 번째 단계에서는 요소 간의 관계를 파악해야 하는데, 포스트잇을 이용하면 쉽게 각 요소의 위치를 옮길 수 있기 때문이다. 세 번째 단계는 마법 같은 일이 일어나는 단계이자 가장 시간이 오래 걸리는 단계다. 일의 순서, 종속관계, 상호작용을 감안해야 한다. 내 생각을 한층 발전시킬 지혜가 떠오르는 것도 이 단계다. 또한 일을 진행하는 동안 두 번째 단계로 다시 돌아가서 요소를 추가하거나 이름을 바꿔야 할 수도 있다.

세 번째 단계가 끝나가는 시점에서 개략적인 모형을 완성했다면 스스로 시험해 볼 차례다. 모형이 타당한가? 마음에 드는가? 흥미로운가? 여러분이 흥미를 느끼지 못한다면 남에게도 모형의 장점을 납득시키기가 어려울 것이다.

일단 마음에 드는 결과물이 나왔다면 나를 지지해 주면서도 쓴소리를 아끼지 않는 친구들을 대상으로 시험해 보자. 친구들이 도식을 잘 이해하는가? 구구절절 설명해야 한다면 아직 매끄럽게 완성되지 않은 것이다. 내용을 모르는 상대에게 모형을 보여주기 전에는 어떤 부분이 매끄럽게 이해가 가고 어떤 부분이 삐걱대는지 알 수 없다. '아는 것이 병'이라는 말은 일리가 있다. 내가 잘 알고 있는 분야는 학습자의 입장에서 볼 수 없다. 머릿속의 지식을 백지 상태로 되돌릴 수는 없기 때문이다. 그러므로 나 대신 모형을 검토해 줄 사람을 찾아야 한다.

탐험과제 이제 나만의 개념도를 만들어보자. 타이머를 맞춰도 되지만, 그냥 흐름에 몸을 맡기는 편이 더 쉬울 것이다. 내가 그리고 싶은 개념이 명확해지면 어떤 요소를 모형에 넣을지 종이에 쏟아내 보자. 포스트잇을 쓰면 더욱 좋다. 그런 다음 다시 검토하자. 중요한 요소는 무엇일까? 하나로 묶어 나타낼 수 있는 요소는 없을까? 과정, 개념, 역할, 질문, 상황 등 각 요소의 유형은 무엇인가?

이제 어느 정도 정의된 요소가 한 더미 있다. 작업의 재료가 준비된 것이다. 다음 단계에서는 각 요소가 서로 어떻게 들어맞을지 생각해 보아야 한다. 전체적인 형태가 직선적인가? 아니면 원형, 나선형, 삼각형, 격자형인가? 요소 간에 수직관계가 존재하는가, 아니면 상황에 따라 관계가 달라지는가? 파이프라든가 꿀처럼 활용할 만한 비유가 있는가? 각 요소를 다양하게 움직이면서 어떤 결과가 생겨날지 지켜보자.

이번 작업을 통해 완벽한 모형을 완성하지는 못했을 것이다. 그러나 탄탄한 시작점을 마련했으리라 믿는다. 계속 반복해서 개량한 뒤 세상에 내놓길 바란다.

지금까지 이런 식으로 시각적 사고를 활용해 본 적이 없다면, 이번 장에서 유용한 에너지와 지혜를 얻었으면 한다. 시각적 표현은 아이디어를 더 깊이 이해하고 전에는 알아차리지 못했던 상관관계를 볼 수 있도록 해준다. 도식을 자유로이 활용할 수 있으면 탐험쓰기에도 큰 힘이 된다. 아이디어를 시각적 표현으로 바꿔놓는 단순한 행동을 통해 사고가 풍요로워지고 확장되기 때문이다.

탐험쓰기를 할 때 시각적 사고를 활용하는 데 익숙해지면 또 하나의 큰 장점을 누릴 수 있다. '백문이 불여일견'이라는 말대로 내 생각을 남에게 효과적으로 전달할 수 있는 것이다(다음 장에서 자세히 다룰 예정이다). 독창적인 지적 재산 모형을 개발하면 사업의 명운을 바꿔놓을 수 있다는 말은 과언이 아니다. 스타트업 전문가 에릭 리스의 《린 스타트업》도 인상적이고 심플한 순환도 덕분에 더욱 큰 물결을 일으키는 데 성공했다.[4]

생각을 떠올리는 초기 단계에서 모형을 개발하면 남보다 훨씬 앞서가는 셈이다. 다행히 복잡한 모형을 개발할 필요는 없다. 《도넛 경제학》을 쓴 경제학자 케이트 레이워스는 단순하지만 강렬한 '도넛' 그림 덕분에 부족과 과도 사이의 균형에 관한 자신의 이론을 사람들이 효과적으로 이해하게 되었다고 말한 바 있다(레이워스의 도넛 그림은 인류가 안전하고 올바르게 살아갈 수 있는 공간을 나타낸다. 바깥쪽 고리는 기후변화나 환경오염 등 지구 시스템을 위협하는 '생태적 한계', 안쪽 고리는 식량이나 교육 등 모두가 누려야 할 '사회적 기초'로 이루어져 있다).

건강, 교육, 식량, 물, 기후변화, 생물학적 다양성의 상실 등 도넛 그림 안의 단어들을 목록 두 개로 정리했다면 모두들 어깨를 으쓱하며 말했을 겁니다. "전에 다 들어본 얘기잖아." 하지만 그걸 원으로 나타내고 이름을 붙였더니 힘든 일을 그림이 대신해 주더군요. 사람들이 말하기 시작했죠. "나도 지속가능한 발전이 이런 모습일 거라고 항상 생각했었어요. 그런데 이런 그림은 처음 봅니다. 이제 지금까지는 하지 못했던 질문을 던지고 이야기를 할 수 있을 것 같네요." 사람들의 사고를 열어주는 그림의 힘에 깜짝 놀랐죠.[5]

응용학습심리학자 존 메디나에 따르면 사람은 어떤 정보를 들은 다음 사흘이 지나면 10퍼센트밖에 기억하지 못한다. 그러나 이해를 돕는 그림을 보며 들을 경우, 기억하는 정보의 양은 65퍼센트로 급증한다.[6]

이 책은 '글은 남 앞에 내 생각을 선보이는 무대 역할만을 한다'는 고정관념을 깨부수는 데서 시작했다. 그리고 나 자신만을 위한 글쓰기의 강력한 힘에 줄곧 초점을 맞추었다. 하지만 글이 지닌 또 하나의 본질적 가치는 바로 소통이다. 언젠가는 '무대로서의 종이'와 남에게 내 생각을 전하는 과정에 익숙해져야 하는 시점이 오게 마련이다. 과연 탐험쓰기는 그 순간에도 도움이 될까? 답은 다음 장에 있다.

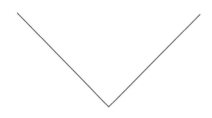

13장

나 자신을 넘어

지금까지 탐험쓰기가 중요하다는 사실을 강조하느라 다른 사람을 위한 글쓰기는 쓸모없다는 편견을 심어 주지는 않았길 바란다. 당연한 말이지만 남을 위한 글쓰기도 나를 위한 글쓰기만큼이나 중요하다. 내가 시간과 수고를 들여 이 책을 썼다는 사실이 그 증거다.

남을 위한 글을 쓰는 능력은 업무에서 꽤 중요하게 여겨진다. 문학이 베스트셀러 목록을 점령한 요즘은 글쓰기의 기원이 업무와 관련되어 있다는 점을 잊기 쉽다. 최초의 글은 서사시가 아니라 기원전 5,000년경 수메르 상인의 기록이었다. 인지심리학자 대니얼 레비틴이 지적했듯 "모든 문학은 영수증에 기원을 두고 있다."[7]

글쓰기는 지금도 업무의 근간을 이룬다. 조직에서는 글로 소통하고 성과를 낸다. 고객에게도 글을 이용해서 회사의 특성과 전문분야를 소개하고 어떤 도움을 줄 수 있는지 알린다. 온라인에서 회사를 홍보하고 평판을 좌우하는 것 또한 글이다. 블로그 포스트를 작성하는 자영업자, 보고서를 쓰는 중간관리자, 회사 전체의 전략 프레젠테이션을 준비하는 임원 등 누구나 효과적으로 글을 쓸 수 있으면 성공할 확률이 높아진다. 그리고 삶의 모든 분야에서 그렇듯 꾸준한 연습은 분명 도움이 된다.

광고의 아버지라 불리는 데이비드 오길비David Ogilvy는 1982년 직원들에게 유명한 메모를 남겼다. "우리 회사에서는 글을 잘 쓸수록 높이 올라갈 수 있습니다. 생각을 잘하는 사람이 글도 잘 씁니다."[8] 이어서 '좋은 글쓰기'는 다른 스킬과 마찬가지로 배우고 연습해야 한다고 적었다(이 메모에는 업무용 글을 쓰는 사람들, 아니, 글을 쓰는 모든 이들에게 필요한 조언이 완벽하게 정리되어 있다. 게다가 메모 자체도 그 조언을 완벽하게 따르고 있으므로 읽어보기를 추천한다).

그렇다면 과연 일반적인 탐험쓰기도 회사에서 남에게 정보를 전달하기 위한 글을 쓰는 데에 도움이 될까? 물론이다.

시작하기

　　　　　　　　　　탐험쓰기는 흰 종이가 주는 두려

움을 이겨내는 데 도움이 된다. 당연한 말이지만 읽을 가치가 있는 글을 쓰려면 무엇이든 좋으니 일단 써야 한다. 하지만 하얀 종이를 보면 머리까지 백지 상태가 되기 쉽다. 내가 쓴 글을 보고 이러쿵저러쿵 평가할 까다로운 사람들의 얼굴이 눈앞에 어른거린다. 피터 엘보가 말했듯 "너무나 많은 시간과 에너지가 글을 쓰지 않는 데 허비된다. 사람들은 몽상하고, 걱정하고, 줄을 그어 지워버리고, 두 번, 세 번, 네 번 재고한다. (…) (자유쓰기는) 글을 잘 썼는지, 제대로 썼는지 등의 쓸데없는 고민에 발목을 잡히지 않고 곧장 글쓰기에 착수하는 데 도움이 된다."[9]

6분간의 전력질주 탐험쓰기를 통해 TED 강연 원고나 주주에게 보내는 연례 보고서의 최종본을 완성할 수는 없다. 그러나 일단 글을 쓰기 '시작'하는 데에는 분명 도움이 된다. 이렇게 쓴 글은 이후 완성할 그럴듯한 결과물의 바탕이 된다.

모호한 아이디어나 머릿속의 의문 하나만 가지고도 편안한 마음으로 의자에 엉덩이를 붙이고 앉아서 종이 위에 연필을 놀릴 수 있게 된다면, 두 번 다시 글쓰기 슬럼프에 빠지는 일은 없을 것이다.

자신감 쌓기

지금쯤이면 센스메이킹, 창의력, 문제해결력 등 내게 필요한 모든 자원이 바로 내 안에 있다는 사실을 여러 번 느꼈기를, 탐험쓰기가 자신감을 쌓는 데 도움이 된다는 사실을 몸소 체험했기를 바란다. 탐험쓰기를 하면 아이디어를 떠올리고 표현하는 역량이 늘어나면서 자신감을 갖게 된다. 게다가 글은 쓸수록 느는 법이다.

　　모든 기술이 그렇듯이 글쓰기도 자주 할수록 능숙해지고 자연스러워진다. 전력질주 글쓰기를 통한 날것 상태의 결과물을 다시 읽어보면 무엇이 '쓸 만한지' 눈에 들어올 것이다. 진심이 느껴지거나 눈에 띄는 구절이나 이미지가 있을 것이다. 스스로 글을 정교하게 다듬을 수 있다는 느낌이 강해지면 남이 읽을 글을 쓸 때에도 자신감이 붙는다. (물론 맞춤법 검사를 해서 나쁠 것은 없지만) 모든 글쓰기에서 가장 중요한 것은 내가 상대에게 전하려는 메시지의 가치, 그리고 상대에게 메시지가 전달되는 방식이다. 그리고 탐험쓰기는 양쪽 모두에 도움이 된다.

의미 있는 내용을
담아내기

　　　　　　　　탐험쓰기를 하는 이유는 말할 만한 가치가 있는 이야기를 발견할 수 있기 때문이다. 남이 만든 콘텐츠를 수동적으로 받아들이는 것은 쉽다. 그러나 이렇게 남의 아이디어를 소비하는 행동은 나 자신만 만족시킬 뿐이다. 남의 아이디어에 내 반응을 약간 곁들여 공유하는 것도 비교적 쉽다.

이런 식으로 타인의 아이디어를 편집하는 데에도 나름의 가치는 있다. 그러나 거기서 한 걸음 더 나아가 직접 아이디어를 만들어 내려면 어떻게 해야 할까? 놀랍게도 이 또한 어렵지 않다. 몇 분만 투자해서 전력질주 탐험쓰기를 통해 내 생각을 끌어내고 정리하면 되는 것이다.

글쓰기는 사고를 진전시키는 확실하고도 강력한 방법이다. 잘나가는 IT 기업의 최신 사업보고서와 우리 회사의 분기 보고서를 적절히 섞어 주주들에게 보낼 인상적인 메시지를 만들려고 애쓰기보다는 컴퓨터를 끄고 먼저 탐험쓰기를 하는 편이 낫다. 그런 다음 탐험쓰기에서 얻은 유용한 아이디어를 다듬어 주주들에게 보낼 글을 완성하면 된다.

이제 남이 읽을 글을 쓸 때 특히 유용한 탐험쓰기 테크닉 두 가지를 살펴보자.

유추

앞서 9장에서 숨겨진 비유를 찾아내고 의도적으로 새로운 비유를 만들어 참신한 아이디어를 내는 법을 다루었다. 특히 설득력 있는 비유를 찾아냈다면 남에게 상황을 설명하는 데 활용하고 싶을 것이다. 이 지점에서 유추가 등장하는데, 탐험쓰기는 여기서도 도움이 된다.

유추는 근본적으로 강력한 비유다. 의도적으로 두 요소를 비교하고 연관관계를 찾는 과정을 통해 사람들이 주제를 효과적으로 이해하도록 돕는 것이다.

여러분이 어떤 일을 '처리processing'하고 있다는 표현은 거의 알아차리기 어려울 만큼 약한 비유다. '처리'라는 컴퓨터 용어를 사용해서 뇌가 기능하는 모습을 설명하는 것이다. 이런 비유를 유추로 바꿀 경우, 좀 더 드러내 놓고 설명적으로 접근하면 된다. '컴퓨터가 외부 정보를 인터페이스를 통해 수용하여 이진코드로 처리하듯이, 뇌는 외부 정보를 감각을 통해 수용하여 신경활동으로 전환하여 처리한다.' 이처럼 새로운 정보라도 익숙한 용어로 설명하면 더 빨리 이해할 수 있다. 단, 도가 지나치면 뜻이 왜곡될 수 있으니 주의하자.

업무상 글을 쓸 때에는 사실 전달에 치중하는 경우가 많다. 때로는 반드시 그렇게 해야 한다. 하지만 읽는 사람이 놀라게 하고, 그들에게서 흥미를 불러일으키고, 내가 하는 말을 기억하게 하고, 비전문가가 이해하기에는 어려운 내용을 전달해야 하는 경우에 유추는 활용할 만한 수단이다.

(탐험과제) 직접 시험해 보고 싶다면 9장의 탐험에서 발견한 인상적인 비유를 골라서 상대가 주제를 잘 이해하는 데 도움이 될 만한 유추로 발전시켜 보자. 다음 예시를 활용해도 좋다.

- 리더십은 마치 디너파티를 주최하는 것과 같다. 왜냐하면…
- 조직문화는 기후와 닮아 있다. 그 이유는…
- 창업은 집을 짓는 것과 마찬가지다. ~이기 때문이다.

이런 연습을 하면 탐험쓰기의 경계로 나아갈 수 있다. 지금까지는 그러지 않았지만 이제 읽는 사람을 염두에 두고 글을 써보길 바란다. 다음의 질문에 대해서도 잠시 생각해 보자. 남이 읽을 글을 쓴다고 생각하면 여러분이 과제에 접근하는 방식은 어떻게 바뀔까? 탐험쓰기의 자유로움과 에너지를 어떻게 남들에게 유용한 콘텐츠로 전환할까? 오늘 회사나 집에서 유추를 활용해 볼 기회가 있을까?

더 나은 스토리텔링

여러 번 살펴보았듯 스토리텔링은 거부할 수 없는 뇌의 본능이다. 그리고 중요한 업무 기술이기도 하다. 감정적 연결고리를 만들면 세상의 소음을 뚫고 독자의 흥미를 끌 수 있는 반면, 단순히 사실만 전달하면 한쪽 귀로 들어가서 다른 쪽 귀로 나오게 되기 때문이다.

스토리텔링은 기술이며, 모든 기술이 그렇듯 연습과 숙련이 필요하다. 일반적인 글쓰기를 통해 스토리텔링의 대가로 변신할 수는 없을 것이다. 하지만 필요한 근육을 키우는 데에는 분명 도움이 된다. (6장에서 다룬 공감 탐험처럼) 이 책에 등장하는 탐험은 가능성을 탐색하고 경험을 이해하기 위해 이야기를 만들고 상상력을 발휘해 글을 쓰도록 하고 있다. 지금까지 해온 탐험의 주목적은 효과적으로 사고하는 것이었지만, 여기서는 그 아래 숨겨진 이점, 즉 더 멋지게 이야기하는 능력을 키우는 데 초점을 맞추기로 하자. 특히 공감능력을 강화하고 다양한 관점에서 바라보는 연습을 하면 독자와 연결고리를 형성하기 쉽고, 나아가 독자의 공감을 유도할 수 있을 것이다.

탐험과제 이제 남과 효과적으로 소통하겠다는 구체적인 목표 아래, 상대의 관심을 끌겠다는 의도를 갖고 전력질주 글쓰기를 해보자. 내가 설득해야 하는 대상을 고르자. 독특한 광고문안으로 깊은 인상을 주어야 하는 고객, 아이디어를 선보여야 하는 상사나 투자자, 내가 세운 휴가 계획을 마뜩찮게 여기는 동거인 등에서 고르면 된다.

6분으로 타이머를 맞추고 그 사람의 입장에서 주어진 상황에 대한 이야기를 써보자. 그들이 가장 신경 쓰는 지점은 어디일까? 어떤 부분을 걱정하고 있을까? 그쪽에서 보기에 벌어질 수 있는 최악의 상황과 긍정적인 상황은 무엇일까? 나에게서 듣고 싶어 할 말은 무엇일까? 스토리텔링을 활용하여 혼자만의 상상 속에서 나와 상대방을 동일시해 보면 실제 상황에서 그들을 대할 때에도 훨씬 효과적으로 소통할 수 있을 것이다.

끝으로 지금까지와는 다른 목표를 달성하기 위해 탐험쓰기를 활용해 보자. 이제 업무상의 소통이나 인간관계가 아니라 글쓰기 자체를 위해 글을 써볼 시간이다.

창의적 글쓰기의 활용

내가 탐험쓰기의 도구상자에서 가장 기본적인 기술인 '자유쓰기'를 처음 접한 것은 줄리아 카메론의 《아티스트 웨이》에서였다. 카메론은 이 책에서 창작의 근본이 되는 연습인 '모닝페이지'를 소개했다. 모닝페이지의 원리는 간단하다. 매일 아침 나 혼자만을 위한 글을 A4용지로 3쪽 가량 쓰면 된다. 카메론은 흔히 '글쓰기'라 생각하는 것과 모닝페이지의 차이를 뚜렷이 구분해 두었다.

> 모닝페이지는 예술이 아니다. 어떻게 보면 글쓰기도 아니다. (…) 글쓰기는 도구 중 하나에 불과하다. 그저 종이를 가로질러 손을 움직이고 무엇이든 머릿속에 떠오르는 것을 써내려가면 된다.[10]

카메론이 모닝페이지를 고안한 것은 본디 자신을 위해서였다. 당시 그녀는 각본을 쓰고 있었는데 잇따라 실패해 실망한 뒤, 머리를 정리하려고 뉴멕시코주로 이사한 상태였다. 이후 카메론은 정처없이 끄적인 글이 소설의 디딤돌 역할을 해주었다는 사실을 발견했다. 현재 그녀는 창의력에 불을 당기고 또 북돋는 수단으로써 모닝페이지의 장점을 사람들에게 전하고 있다.

글을 쓰는 많은 사람들이 슬럼프와 자기회의를 극복하기 위해 이런 테크닉을 규칙적으로 활용한다(꼭 아침에 일어나자마자 쓰는 것은 아니다). 여러분도 글을 쓰고 있다면 실천해 본 경험이 있을지도 모르겠다. 그러나 창작에 초점을 맞추고 글을 위한 글쓰기를 하는 것이 소설가, 시인, 각본가의 전유물은 아니다. 이런 글쓰기는 글을 통해 더 효과적으로 소통해야 하는 사람이라면 누구에게나 도움이 된다.

매사추세츠대학교 애머스트 캠퍼스 글쓰기 프로그램을 지휘했으며 《힘 있는 글쓰기》, 《글쓰기를 배우지 않기》를 펴낸 피터 엘보는 옥스퍼드대학교 장학생으로서 성과를 내야 한다는 압박에 시작된 오랜 슬럼프 탓에 절망에 빠져 있을 때 이 테크닉을 발견했다. 엘보는 곧 자유쓰기가 단순히 슬럼프에서 벗어나는 수단 이상임을 깨달았다. 의식적으로 글을 다듬고 세심하게 단어를 고를 때보다 '통제를 벗어난' 상태일 때 쓰는 표현에 더 강력한 힘과 에너지가 담긴 경우가 많아, 장기적으로 볼 때 더 나은 글을 쓸 수 있게 되었던 것이다.

언어는 단순히 수단에 지나지 않는 것이 아니라 그 자체로 미덕을 품고 있다. (…) 때로는 글쓴이가 너무 고심해서 단어를 고른 것 같은 느낌이 든다. (…) 많은 기교를 발휘했지만 자연스럽지 못하고 기운이 없다.

(…) 글쓴이가 흐름을 타서 글이 저절로 써질 때 모습을 드러내는 언어와 생각에는 어딘가 마법 같은 부분이 있다.

각본가, 소설가, 학자, 그 외에도 글을 써서 먹고사는 많은 이들에게 해당되는 진리는 보고서, 업무 메모, 문자메시지를 쓰는 우리들에게도 똑같이 적용된다. 탐험쓰기는 창의력을 발휘하고 하얀 종이에 대한 두려움을 극복하도록 해줄 뿐 아니라, 에너지 넘치고 명확하게 생각을 표현하는 데에도 도움이 된다. 그것이야말로 누구나 바라 마지않는 결과가 아닐까?

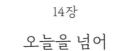

14장

오늘을 넘어

빅토리아 시대 영국의 탐험가들은 고국으로 돌아온 뒤 탐험의 두 번째 단계를 시작했다. 런던왕립학회(뉴턴, 다윈 등을 배출한 영국의 자연과학학회)에서 모험에 관한 강연을 하고, 연구할 수 있도록 자연사박물관에 새로 수집한 표본을 제출하고, 분석과 번식을 위해 식물원에 종자를 보냈다(여기서는 길게 얘기하지 않겠지만 다른 민족의 귀중한 문화재를 대영박물관에 넘기는 경우도 잦았다). 그들은 탐험에 다녀온 뒤 탐험에서 발견한 물건들을 그저 창고에 쌓아두지 않았다. 그렇다면 우리는 탐험쓰기라는 모험에서 발견한 것을 어떻게 활용해야 할까?

성과의 정리

3장에서 탐험에 필요한 기본적인 준비물에 관해 설명할 때, 갖춰두면 좋은 추가 물품 항목에 공책을 넣어두었다. 탐험쓰기에서 얻은 아이디어를 보기 좋게 정리하기 위한 용도였다.

필수 준비물 목록에 넣지는 않았지만, 매일의 작은 탐험에서 발견한 것들을 보관할 공간을 따로 마련해 두길 강력하게 권하고 싶다. A4용지에 휘갈겨 쓴 내용 중 어느 부분을 공책에 옮겨 적을지는 꼼꼼히 따져보는 것이 좋다. 탐험가는 대나무 숲을 99번 지나간 뒤에야 그중 한 길만이 강으로 향하는 탄탄하고 안전한 길이라는 사실을 알게 된다. 탐험가는 바로 그 길을 지도로 남긴다.

공책과 궁합이 잘 맞지 않는 독자가 있을지도 모른다. 그래서 공책을 '선택 항목'에 넣어둔 것이다. 개인적으로 전력질주 글쓰기에서 얻은 아이디어는 공책 대신 세 가지 공간에 분류해서 보관하는 편이다. 반짝하고 떠오르는 아이디어는 개인 블로그(본질적으로 온라인에 쓰는 일기나 마찬가지다), 행동으로 옮겨야 하는 건은 트렐로Trello 앱의 할 일 목록, 앞으로 만들어나갈 콘텐츠(링크드인에 올릴 글이나 팟캐스트에서 이야기할 에피소드 등)에 관련된 아이디어는 별개의 트렐로 보드에 정리해 둔다.

여러분이 전력질주 글쓰기에서 얻은 결과물을 보관하는 방식은 지금 쓰고 있는 도구가 무엇인지, 그 아이디어로 무엇을 할지에 따라 다양할 것이다. 어쨌든 시작하기 전에 잠깐 생각해 보

자. 나 자신에게 보내는 메시지를 대충 써넣은 포스트잇은 적절한 보관수단은 못 된다. 단순한 행동지침 이상의 아이디어를 저장해 둘 수단을 찾았다면, 앞으로 일상과 직장에서 십분 활용할 방법을 고민해 보자. 개인적으로 '지금 이 순간'에 몰입하는 즉흥적 탐험쓰기는 규칙적인 자기성찰과 짝을 이룰 때 최고의 효과가 있다고 생각한다. 규칙적인 성찰은 글쓰기에서 얻은 아이디어를 반복적인 자기발전의 근간으로 바꿔주기 때문이다.

자기성찰 연습

학문적, 업무적 수단으로서의 자기성찰 연습은 미국의 교육학자 데이비드 콜브^{David Kolb}의 연구에 기초를 두고 있다. 콜브는 네 단계의 사이클이 반복되는 체험적 학습모형을 제시했다.

1단계: 구체적 경험

　　일상적이지 않은 반응이 요구되거나 내 역량을 넘어서는 사건이 발생한다.

2단계: 성찰적 관찰

　　탐험쓰기의 관점에서 가장 흥미로운 부분이다. 이 단계에서 자문할 만한 전형적인 질문은 다음과 같다. 무엇이 성공적이었는가? 무엇이 실패로 돌아갔는가? 왜 그런 일이 일어났는가? 나는 왜 그런 일을 했을까? 주변 사람들은 왜 그렇게 행동했을까?

3단계: 추상적 개념화

이 지점에서는 과거의 일을 성찰하는 데서 한 걸음 더 나아가 다음에는 어떻게 할지 생각해 본다. '어떻게 하면 더 효과적으로 대응할 수 있었을까? 어떤 자원이나 아이디어가 도움이 되었을까?'

4단계: 적극적 실행

3단계를 통해 얻은 새로운 깨달음과 아이디어를 실행에 옮긴다. 생각을 바탕으로 구체적 경험을 하고 결과물을 성찰하는 사이클이 반복된다.

MBA 과정을 밟은 사람이라면 누구나 아는 완벽한 이론이다. 하지만 회사에서 이런 이론을 입에 올리는 사람은 보지 못했을 것이다. 대부분의 사람들은 대개 구체적 경험에서 곧장 적극적 실행으로 건너뛰고, 다시 구체적 경험을 한다. 예전에 근심이 가득한 프로젝트 매니저와 함께 일한 적이 있다. 그의 고민은 프로젝트의 매 단계를 마무리한 뒤 후원사와 기획팀이 평가회의를 할 시간을 주지 않는다는 것이었다. 다들 성찰할 시간을 갖는 건 지나치게 여유를 부리는 일이라 생각했던 것이다. 프로젝트는 위

태롭게 흘러갔고 마감도 계속 맞추지 못했다(결국 그 사람은 사표를 던졌다. 그 사람을 나무랄 수는 없을 것 같다).

사람들은 대개 《은하수를 여행하는 히치하이커를 위한 안내서》의 저자 더글러스 애덤스의 신랄한 말대로 살아간다. "사람은 살면서 배운다. 살아보고도 못 배우는 경우도 있지만."[11]

도널드 쇤은 이 문제에 관해 일상적인 업무환경이란 '늪투성이 저지대'라고 단언했다.[12] 매일 저지대에 처박혀 있으면 전체 풍경을 보기 어렵다는 것이다. 길을 찾는 데 도움이 될 만한 표지판도 없고, 길은 당연히 없다. 쇤은 이 상태에 놓인 사람들이 두 종류의 성찰에 의존한다고 결론지었다.

1. 행동 중의 성찰: 늪지대에서 시도와 실패를 거듭해 가며 하는 성찰.
2. 행동에 대한 성찰: 고지대로 옮겨 가서 방금 있었던 일에 대해 하는 성찰. 이것이야말로 자기성찰의 핵심이며, 가장 효과적으로 학습하고 발전할 수 있는 방법이다.

자기성찰이 특히 굳건하게 뿌리내린 곳은 학계다. 최근에 공부를 해보았다면 과제와 프로젝트를 성찰하는 것이 학습의 핵심이라는 것을 알고 있을 것이다. 질리 볼턴은 자기성찰이 더 나은 성과를 내기 위한 수단일 뿐 아니라 개인적, 사회적 책임이기도 하다고 주장했다.

자기성찰은 내가 누구이고 어떤 사람인지, 왜 이렇게 행동하는지, 어떻게 하면 훨씬 더 효과적으로 살지 발견하도록 해준다. (…) 해결책을 향한 탐구는 더 많은 의문과 깨달음으로 이어지고, 나아가 불안정한 불확실성을 낳는다. 그리고 불확실성은 모든 배움의 바탕이다.[13]

자기성찰을 할 시간을 내는 것이 쉬운 일은 아니지만 그럴 만한 가치는 충분하다. 하버드, 파리, 노스캐롤라이나 출신의 연구진은 2014년에 그 가치를 객관적 수치로 나타냈다. 교육 중인 고객서비스 담당자를 두 집단으로 나누어 한 집단은 매일 일과를 마칠 때 15분간 하루를 돌아보는 글을 쓰도록 했고, 다른 집단은 응대기법을 연습하도록 했다. 하루를 성찰한 집단의 업무성과는 응대기법을 연습한 집단에 비해 25퍼센트나 높았다. 연구진은 "사전에 축적한 경험을 이해하고 요약하는 과정을 거친 집단은 해당 경험을 추가적으로 축적한 집단보다 더 높은 성과를 올렸다"고 결론지었다.[14]

아이들의 이야기를 들어보니 이제는 공교육에서도 자기성찰을 중점적으로 다루는 것 같아 무척 다행스럽다. 다음 세대는 직장에서도 자기성찰의 습관을 실천할지도 모르겠다. 미래 세대가 마주할 불확실성과 변화를 감안하면 분명 필요한 일일 것이다.

안타깝지만 지금으로서는 일상이나 직장에서 자기성찰을 해보라고 격려해 주는 사람이 있을 확률이 높지 않다. 하지만 괜찮다. 이 책에서 익힌 탐험쓰기 기술을 활용하면 혼자 힘으로도 해낼 수 있을 테니까.

탐험쓰기는 곧 마법이라 해도 과언이 아니다. 적어도 나는 그렇게 믿는다. 보이지 않는 것을 보이게 하고, 막막한 상황을 성장의 기회로 바꿔놓고, 흩어진 생각과 느낌의 파편을 더 발전시킬 수 있는 하나의 덩어리로 모으는 일이 마법이 아니라면 무엇이란 말인가?

내가 보기에 탐험쓰기의 마법은 흰 종이가 보여주는 가능성에 있다. 하루가 아무리 엉망으로 흘러가고 실패나 좌절에 빠져 있더라도 새하얀 종이는 언제든 탁 트인 공간에서 새로이 시작할 수 있다는 사실을 실감하게 해준다.

이 책의 원고 대부분은 영국 웨일스 지방에 위치한 글래드스톤 도서관에서 썼다. 벽을 따라 수천 권의 책이 꽂혀 있고, 따스한 인상을 주는 목재와 서늘한 느낌의 석재가 어우러진 아름답고 밝은 공간이다. 은은한 정적을 깨는 것은 가끔 들리는 기침 소리나 책장을 넘기는 소리뿐이다. 누구든 열람실에 들어서는 순간 행동이 달라진다. 멈춰 서서 숨을 들이마시고 동작이 느려진다. 아름답고 평화로운 공간과 고요한 분위기는 이곳이야말로 중요한 일을 하고, 집중하고, 생각할 수 있는 곳이라는 느낌을 준다.

안타깝지만 필요할 때마다 이런 공간에 드나들 수 있는 것은 아니다. 하지만 종이는 언제든 펼칠 수 있다. 경험상 싸구려 종이도 머릿속에서만큼은 아름답고 고즈넉한 글래드스톤 도서관과 같은 공간을 열어주었다. 몇 분 동안 중심을 찾고 집중해 아무런 방해도 받지 않은 채, 머릿속의 거대한 도서관을 돌아다닐 수 있었다.

이 책을 다 읽었지만 아직 탐험쓰기를 시도해 보지 않았다면 지금이 기회다. 종이 한 장과 펜을 가져오길 바란다. 여기서 기다리고 있을 테니.

종이와 펜을 준비했다면 눈앞의 흰 종이를 바라보며 그 의미에 대해 잠시 생각해 보자. 어깨너머로 여러분이 무엇을 쓰고 있는지 훔쳐볼 사람은 없다. 이 종이는 여러분만의 것이다. 지금 여러분에게 필요한 공간이라 생각하고 일단 첫 글자를 써보자.

종이 위에서 무엇을 발견했든 간에 그대로 받아들이자. 나만의 공간을 만들어낸 느낌이 어떤지 음미하고, 앞으로 자주 되새겨 보자. 얼마 지나지 않아 여러분은 힘을 실어주고, 생각을 명료하게 해주며, 유쾌하고 창의적인 그 공간과 이 세상을 연결하게 될 것이다.

그리고 그 순간, 모든 것은 바뀔 것이다.

책에서 진행한 탐험에 등장하는 것 외에, 탐험쓰기를 할 때 영감이 필요할 경우 들춰 볼 수 있는 '일단 첫 마디'를 정리해 두었다. 대부분 〈대단한 비즈니스 북클럽〉에서 진행하는 온라인 글쓰기 프로그램 모임에서 실전 테스트를 거친 것들로, 언제나 유용한 생각과 지혜를 끌어내 주었다. 북클럽 회원과 SNS 지인이 제안한 것도 있다. 순서가 정해져 있지는 않으니 아무거나 골라서 쓰기 시작하면 된다.

'일단 첫 마디'는 단지 출발점에 불과할 뿐이다. 도착점은 저 너머 어디가 될지 모른다. 그 점이 중요하다. 그러므로 첫 마디에 이어지는 '해답'을 찾으려 고심하지 말고 그저 자연스럽게 따라가 보자.

개인적으로 좋아하는 '일단 첫 마디'가 있다면 내게도 알려주길 바란다(alison@alisonjones.com으로 메일을 보내면 된다). 매주 금요일마다 진행되는 온라인 모임에 참여하거나 〈대단한 비즈니스 북클럽〉의 페이스북 그룹에 가입하는 것도 추천한다.

- 이 주제에 관해 내가 스스로에게 들려주는 이야기는…
- 이 일을 바라보는 또 다른 관점은…
- 여기서 친구에게 할 법한 말은…
- 이 문제에서 가장 흥미로운 점은…
- 내가 지금 스스로에게 던져야 할 질문은…
- 오늘날 성공의 모습은…
- X가 나를 코치한다면 내게 해줄 것 같은 말은…
- 내 사업에 관한 기사를 쓰는 기자가 되었다면 내가 집중하고 싶은 이야기는…
- 내일 당장 타이핑을 하지 못한다면 내 사업/직장에 일어날 일은…
- 이 글을 쓴 이후 내가 배운 것은… (예: 웹사이트의 소개란이나 약력을 검토할 때)
- 나의 내면에서 가장 조용한 목소리가 지금 하고 있는 말은…
- 내가 남에게 하는 조언 중 나부터 먼저 실천해야 할 것은…
- 오늘 내게 활기를 불어넣어 준 것은…
- 내게 있어 이름을 알린다는 것은…
- 지금 보고, 듣고, 냄새 맡고, 만지고, 맛볼 수 있는 것은… (재미있는 기본적 탐험이다)

일단 첫 마디

- 최상의 모습일 때 나는…

- 이번 주, 완벽함 대신 일의 진척을 추구할 부분은…

- n살의 나에게… (어린 시절의 나 자신, 특히 도움이나 인정이 필요했던 시절의 나에게 편지를 쓴다. 그때 또는 지금의 내게 가장 절실한 말은 무엇일까?)

- 이 사안에 관해 도움을 줄 수 있는 사람은…

- 지금 내가 진정 원하는 것은…

- 이 문제에 관해 답이 떠오르지 않는 이유는 아마도…

- 오늘 포기하거나 거절해야 하는 일은…

- 내가 오늘 쓸 수 있는 가장 진정성 어린 문장은…

- 오늘 가장 큰 변화를 이뤄낼 수 있는 작은 한 발짝은…

- 내게 해를 끼치는 기억은… 그리고 그 기억을 재상상해 본다면…

- 이 문제에 대해 자존심이 아니라 마음에서 우러난 글을 쓴다면…

- 나의 슈퍼파워는…

- 내가 이 프로젝트/회의/인간관계에서 만들어내는 변화는…

- 오늘 내가 떠올린 '판도를 바꿔놓을 만한 혁신적인 생각'은…

- 이번 주, 2시간 정도 '용기의 시간(여러분의 '용기' 점수가 만점이 되는 시간)'이 있다면 내가 할 일은…

- 내가 전체 그림을 보지 못하도록 가로막는 무의식적인 억측/편견이 있다면…

- 이번 주를 되돌아보며 내가 하고 싶은 말은…

- 만약 그 일을 다시 할 수 있다면 나는…

- 내가 지금 당장 미련을 버려야 하는 것은 바로…

- 지금 이 순간 내가 느끼는 감정은…

- 지금 당장, 잘 되어 가고 있는 부분은…

- 이번 주, 내가 시간을 할애할 수 없는 일은…

- 사람들이 알아두어야 할 것은 바로…

- 이 생각/행동은 내가 원하는 사람이 되는 데 어떤 도움/방해가 되는가 하면…

- 지금 나의 내면에 있는 '최고의 나'가 하는 말은…

- 내가 여기서 원하는 것은…

- 이 지점에서 귀중한 관점을 제시해 줄 사람은…

- 오늘 일, 사생활, 인간관계 중에서 하나만 골라 집중해야 한다면…

- 내가 이 일에 적합한 사람인 까닭은…[1]

- 오늘 딱 1퍼센트의 긍정적 변화를 일으킬 방법은…

- 이 상황에서 내가 가진 가장 큰 장점은…(추가 질문: 나는 그 장점을 충분히 활용하고 있는가?)

- 오늘 가장 감사한 일은…

- 지금 당장 기쁘게 여길 수 있는 일은…

일단 첫 마디

이 책은 끝나가지만 여러분은 이제 탐험쓰기가 보여줄 모험의 시작점에 선 셈이다. 그 모험이 여러분과 평생을 함께하길 바란다. 모험을 떠난 여러분이 무엇을 만나게 될지 같이 이야기해 보고 싶다. alison@alisonjones.com에 모험에서 만난 새로운 세상에 관한 이야기를 남겨주었으면 한다.

　　탐험쓰기 연습을 뒷받침해 줄 도움이 필요하다면 〈라이트브레인드WriteBrained〉 온라인 강습에 합류하는 것도 방법이다. 28일간 진행되는 탐험쓰기 과정으로, 매일 아침 이메일로 새로운 '첫 마디'와 그날의 과제에 대해 설명한 짧은 영상을 받게 된다. 매일 효과적으로 탐험쓰기의 시동을 걸 수 있다. 여러분의 생각과 발견을 나눌 커뮤니티(https://bit.ly/3aUGTpz)도 있으니 참고하기 바란다(50% 할인 코드는 EXPLORIAMUS이다).

눈앞에 종이가 기다리고 있을 것이다. 오늘은 어디로 탐험을 떠날까?

이제 시작이다

이 책이 탄생하기까지 지혜와 격려를 보내주신, 내가 개인적으로 깊이 감사드리는 분이 수백에 달한다. 하지만 우리 출판사에서 책을 내는 다른 저자들에게는 열 쪽에 달하는 감사의 말을 쓰지 못하도록 말리는 입장에 서 있는 만큼 나 또한 그런 호사를 누리지는 못할 것 같다. 그래서 이 감사의 말은 완전하지도, 충분하지도 못하다는 것을 밝혀둔다.

우선 여러 번 마감을 넘기는 사이 프랙티컬 인스퍼레이션 퍼블리싱팀과 디자인 및 생산 파트너인 뉴젠 퍼블리싱 UK가 보여준 인내와 여유에 감사한다(꽉 찬 일정 중에도 집필 시간을 확보하고 지켜준 셸에게 특히 감사를 전한다). 이들과 함께 일하는 것은 일상에서 만나는 마법이었다.

오랫동안 갈피를 잡지 못했던 책의 구조를 정돈하도록 도와

준 최고의 기획편집자 앨리슨 그레이에게 감사한다. 최종 원고의 교정교열 작업을 해준 케이티 피네건, 종이를 본뜬 일러스트를 그려준 메리 에일라에게도 감사의 말을 전한다.

이 책의 베타 버전은 〈라이트브레인드〉 과정에서 첫 선을 보였다. 먼저 원고를 읽어보고 의견을 내준 분들께 감사한다. 앤 아처, 캐스린 비숍, 린 브롬리, 조이 번포드, 앨리슨 카워드, 린다 더프, 펄리시티 드와이어, 질 에로우트, 크리스타 파월 에드워즈, 수전 헤이그, 베키 홀, 개리 호지, 니키 허디, 허니 랜스다운, 크레이그 맥보이, 그레이스 마셜, 수전 니 크리오돈, 클레어 페인터, 아킬 파텔, 크리스 래드퍼드, 루시 라이언, 베스 스톨우드, 벤 웨일스, 조지 위클리, 특히 전문가다운 지혜와 따뜻한 격려로 이 책의 아이디어가 쓸 만하다는 믿음을 심어준 헬렌 댄, 실라 핀더, 앨리스 셀던에게 고마움을 전한다.

〈대단한 비즈니스 북클럽〉의 온라인 모임에서 만난 모든 이들이 보여준 열린 자세와 넓은 마음, 지혜와 재치, 무엇보다도 금요일 오후에 함께 멋진 시간을 보내준 데에 감사한다.

경이로운 통찰력, 응원, 도전정신을 보여준 〈12주 워리어 우먼 그룹〉의 멤버 베크 에번스, 리즈 구스터, 그레이스 마셜, 캐시 렌첸브링크, 로라 서머스에게도 감사의 말을 전한다. 특히 책의 구성에 대한 의견을 내주고 이 책의 대부분(및 특히 괜찮은 부분)을 집필한 장소인 글래드스톤 도서관을 소개해 준 베크에게 감사한다.

부록에 들어 있는 '일단 첫 마디'에 관한 추가 의견을 내준 앨리사 바컨, 존 바틀릿, 캐스린 비숍, 브라이언 캐버나, 리사 에드워즈, 크리스타 파월 에드워즈, 개리 호지, 마틴 클롭스톡, 아니타 르델리언 쿠즈마, 뎁 마섹, 케이티 머리, 로이 뉴이, 조 리처드슨, 루시 라이언, 네이오미 린 쇼, 트리샤 스미스, 앤토니아 테일러, 리안나 사키리스에게 고마움을 전한다.

끝으로 내가 글쓰기를 탐험할 수 있도록 흔쾌히, 또 사려 깊게 도와주었던 팟캐스트 (대단한 비즈니스 북클럽)의 모든 출연자와 청취자, 그리고 독자 여러분들께 감사를 표하고 싶다. 글쓰기는 탐험에서 시작할지는 모르지만 거기서 끝나는 것은 아니며, 궁극적으로 글쓰기에서 가장 중요한 것은 소통이기 때문이다.

들어가며

1. 자세한 이야기는 필자의 TED 강연 〈글쓰기의 재상상〉을 참조하기 바란다. 영상은 다음 링크를 참고할 것. 'Let's Rethink Writing'(https://youtu.be/59sjUm0EAcM).

1부 탐험쓰기의 발견

1. Yuval Noah Harari, Sapiens: A Brief History of Humankind (Vintage, 2015), p. 150. (유발 하라리,《사피엔스》, 조현욱 옮김, 김영사, 2015)

2. Cal Newport, Deep Work: Rules for focused success in a distracted world (Piatkus, 2016). (칼 뉴포트,《딥 워크》, 김태훈 옮김, 민음사, 2017)

3. Steve Peters, The Chimp Paradox: The mind management programme to help you achieve success, confidence and happiness (Vermilion, 2012). (스티브 피터스,《침프 패러독스》, 김소희 옮김, 모멘텀, 2013)

4. Angela Duckworth, Grit: The power of passion and perseverance (Vermilion, 2017), p. 189. (앤절라 더크워스,《그릿》, 김미정 옮김, 비즈니스북스, 2019)

5. 컬럼비아대학교 경영대학원 결정과학센터, '질문을 들을 때 뇌에서 일어나는 일'. 출처는 다음 참조. www8.gsb.columbia.edu/decisionsciences/newsn/5051/want-to-know-what-your-brain-does-when-it-hears-a-question

6. 심리학자 안토니오 다마지오(Antonio Damasio)의 '의식 이론'에 등장한 뒤

폭넓게 쓰이는 용어다. 출처는 아래 참조. 'Investigating the biology of con-
sciousness', Philosophical Transactions of the Royal Society 1998;353(1377),
1879-882.

7. Gordon H. Bower & Michal C. Clark, 'Narrative stories as mediators for serial
learning', Psychonomic Science 1969;14, 181-82.

8. 데이비드 포스터 월리스(David Foster Wallace)의 케니언칼리지 졸업식 연설
(2005) 중 발췌. 전문은 아래 참조. https://fs.blog/david-fosterwallace-this-
is-water

9. Michael Neill, Living and Loving from the Inside-Out. www.michaelneill.org/
pdfs/Living_and_Loving_From_the_Inside_Out.pdf

10. Grace Marshall, Struggle: The surprising truth, beauty and opportunity hidden in
life's sh*ttier moments (Practical Inspiration Publishing, 2021), p.52.

11. Carol Dweck, Mindset: The new psychology of success (Ballantine Books, 2007).
(캐롤 드웩, 《마인드셋》, 김준수 옮김, 스몰빅라이프, 2017)

12. Edgar Schein, Humble Inquiry: The gentle art of asking instead of telling (Ber-
rett-Koehler Publishers, 2013). (에드거 샤인, 피터 샤인, 《리더의 질문법》, 노승
영 옮김, 심심, 2022)

13. Sir Ernest Shackleton, South: The last Antarctic expedition of Shackleton and the
Endurance (an edition of Shackleton's own account, published by Lyons Press,
1998), p. 77. (어니스트 섀클턴, 《어니스트 섀클턴 자서전 SOUTH》, 최종옥
옮김, 뜨인돌출판사, 2004)

14. Tor Bomann-Larsen, Roald Amundsen (The History Press, 2011), p. 99.

15. Gillie Bolton with Russell Delderfield, Reflective Practice: Writing and profes-
sional development, 5th edition (Sage, 2018).

16. B. J. Fogg, Tiny Habits: The small changes that change everything (Virgin Books,
2020). (BJ 포그, 《습관의 디테일》, 김미정 옮김, 흐름출판, 2020)

17. James Clear, Atomic Habits: An easy and proven way to build good habits and
break bad ones (Random House Business, 2018). (제임스 클리어, 《아주 작은 습
관의 힘》, 이한이 옮김, 비즈니스북스, 2019)

18. Arianne Cohen, 'How to quit your job in the great post-pandemic resignation boom', Bloomberg, 10 May 2021. https://archive.ph/qJC76.

19. Jim Harter, 'U.S. employee engagement holds steady in first half of 2021', Gallup, 29 July 2021. 다음의 링크 참조. https://archive.ph/guoOV

20. 2021: Health and Safety Executive, 'Work-related stress, anxiety or depression statistics in Great Britain, 2021', 16 December 2021. www.hse.gov.uk/statistics/causdis/stress.pdf

21. John Howkins, Invisible Work: The future of the office is in your head (September Publishing, 2021), p. 131. (존 호킨스, 《존 호킨스 창조 경제》, 김혜진 옮김, FKI 미디어, 2013)

22. Ibid, p. 139.

23. Gary Klein, 'Performing a project premortem', Harvard Business Review, September 2007. 다음의 링크 참조. https://hbr.org/2007/09/performing-a-project-premortem

24. 'Thriving at work: The Stevenson/Farmer review of mental health and employers', 2017. https://assets.publishing.service.gov.uk/government/uploads/system/uploads/attachment_data/file/658145/thriving-at-work-stevenson-farmer-review.pdf

25. Mind, 'Mental health facts and statistics', 2017. https://web.archive.org/web/20220508130219/https://www.mind.org.uk/media-a/2958/statistics-facts-2017.pdf

2부 종이 위에 펼쳐지는 탐험

1. 사례는 다음 참조. Craig R. Hall, Diane E. Mack, Allan Paivio & Heather A. Hausenblas, 'Imagery use by athletes: Development of the Sport Imagery Questionnaire', International Journal of Sport Psychology 1998:29(1), 73-9.

2. The Extraordinary Business Book Club podcast, Episode 287 (http://extraordinarybusinessbooks.com/episode-287-writing-and-happiness-with-megan-hayes/).

3. Dscout, 'Putting a finger on our phone obsession'. https://web.archive.org/
web/20220507125042/https://dscout.com/people-nerds/mobile-touches

4. The Extraordinary Business Book Club podcast, Episode 312 (http://
extraordinarybusinessbooks.com/episode-312-free-writing-with-peter-elbow/).

5. Karl Weick, Sensemaking in Organizations (Sage, 1995), p.128.

6. Collins English Dictionary, definition of 'empathy'. www.collinsdictionary.com/
dictionary/english/empathy

7. Charles Duhigg, 'What Google learned from its quest to build the perfect team',
The New York Times, 25 February 2016. www.nytimes.com/2016/02/28/
magazine/what-google-learned-from-its-quest-to-build-the-perfect-team
.html

8. Marcus Aurelius, Meditations – quoted in Paul Robinson, Military Honour and
the Conduct of War: From Ancient Greece to Iraq (Taylor & Frances, 2006), p.
38. (마르쿠스 아우렐리우스, 《명상록》, 박문재 옮김, 현대지성, 2018)

9. John Greenleaf Whittier, 'Maud Muller', 1856.

10. Leon Neyfakh, 'Are we asking the right questions', Boston Sunday Globe,
IDEAS section, 20 May 2012. 다음의 링크 참조. www.bostonglobe.com/
ideas/2012/05/19/just-ask/k9PATXFdpL6ZmkreSiRYGP/story.html

11. TED 강연을 참조할 것. 'What do babies think?'(www.ted.com/talks/alison_gop-
nik_what_do_babies_think)

12. Warren Berger, A More Beautiful Question: The power of inquiry to spark break-
through ideas (Bloomsbury, 2016), p. 24.

13. Helen Tupper and Sarah Ellis, You Coach You: How to overcome challenges and
take control of your career (Penguin Business, 2022), p. 11.

14. @TonyRobbins on Twitter, 27 June 2017. https://web.archive.org/
web/20220810175946/https://twitter.com/TonyRobbins/status/8797963108570
48064?s=20&t=F05rZAiYz0VzUE3lYgNWwA

15. The Extraordinary Business Book Club podcast, Episode 312 (http://
extraordinarybusinessbooks.com/episode-312-free-writing-with-peter-elbow/).

16. Walt Whitman, 'Song of Myself', section 51 in Leaves of Grass (1855). (월트 휘트먼,《풀잎》, 허현숙 옮김, 열린책들, 2011)

17. J. K. Rowling, Harry Potter and the Prisoner of Azkaban (Bloomsbury Children's Books, 2014, first published 1999), p. 438. (J. K. 롤링,《해리 포터와 아즈카반의 죄수》, 문학수첩.)

18. 개인적으로 이런 현상을 처음 경험한 것은 타라 모어(Tara Mohr)의 말대로 '내면의 멘토 떠올리기'를 시도했을 때였다. 관련 내용은 모어의 저서《나는 더 이상 휘둘리지 않기로 했다》(문학테라피)를 참조하기 바란다.

19. Hal Gregersen, 'Better brainstorming', Harvard Business Review, March – April 2018. 다음의 링크 참조. https://hbr.org/2018/03/better-brainstorming

20. 에드거 샤인의《리더의 질문법》은 좋은 출발점이 된다. 샤인은 '겸허한 질문'이야말로 '누군가를 대화의 장으로 이끌어 내고, 모르는 것에 대한 질문을 던지고, 상대에 대한 호기심과 흥미를 바탕으로 인간관계를 쌓아나가는 섬세한 기술'이라 정의했다.

21. Sir Ken Robinson, 'Do schools kill creativity?' TED talk, 2006. www.ted.com/talks/sir_ken_robinson_do_schools_kill_creativity?language=en

22. Paul H. Thibodeau and Lera Boroditsky, 'Metaphors we think with: The role of metaphor in reasoning', PLoS ONE 2011;6(2), e16782. https://doi.org/10.1371/journal.pone.0016782

23. In conversation with The Polymath Perspective, 2014, https://web.archive.org/web/20220810194600/http://polymathperspective.com/?p=3107 이노는 피터 슈미트(Peter Schmidt)와 함께 예술가의 창의성에 영감을 주기 위한 제안이 담긴 '모호 전략 카드'를 고안했다. '비유 만들기'와 비슷한 부분이 있다.

24. Clinton Askew, 'The Chimp Paradox – Prof. Steve Peters', Citywide Financial Partners, 15 September 2020. 다음의 링크 참조. www.citywidefinancial.co.uk/the-chimp-paradox-prof-steve-peters/

25. Alice Sheldon, Why Weren't We Taught This at School? (Practical Inspiration Publishing, 2021).

26. Alice Sheldon, Why Weren't We Taught This at School? (Practical Inspiration Publishing, 2021), p. 68.

27. The Extraordinary Business Book Club, Episode 318 (http://extraordinarybusinessbooks.com/episode-318-the-power-of-regret-withdaniel-h-pink/).

28. Elizabeth Gilbert, 'On creating beyond fear', The Isolation Journals, 19 November 2020. www.theisolationjournals.com/blog/no-4-on-creating-beyond-fear

29. Rachel Dodge, Annete P. Daly, Jan Huyton & Lalage D. Sanders, 'The challenge of defining wellbeing', International Journal of Wellbeing 2012;2(3), p. 230.

30. Mihaly Csikszentmihalyi, Flow: The psychology of optimal experience (Rider, 2002, first published 1993) (미하이 칙센트미하이, 《몰입 flow》, 최인수 옮김, 한울림, 2004)

31. Sara Milne Rowe, The SHED Method: The new mind management technique for achieving confidence, calm and success (Michael Joseph, 2018).

32. Hayley Phelan, 'What's all this about journaling?' The New York Times, 25 October 2018. www.nytimes.com/2018/10/25/style/journaling-benefits.html

33. James W. Pennebaker & Sandra K. Beall, 'Confronting a traumatic event: Toward an understanding of inhibition and disease', Journal of Abnormal Psychology 1986;95(3), 274–81.

34. Julia Cameron, The Right to Write: An invitation and initiation into the writing life (Hay House, 2017), p. 84. (줄리아 카메론, 《나를 치유하는 글쓰기》, 조한나 옮김, 이다미디어, 2013)

35. Bruce Daisley, Fortitude: Unlocking the secrets of inner strength (Cornerstone Press, 2022), p. xiv.

36. 사례는 다음 참조. Cale Magnuson & Lynn Barnett, 'The playful advantage: How playfulness enhances coping with stress', Leisure Sciences 2013;35, 129–44.

37. Karl Weick, Sensemaking in Organizations (Sage, 1995), p. 197.

38. Robert Pirsig, Zen and the Art of Motorcycle Maintenance: An inquiry into values (Vintage Classics, 1991), p. 267. (로버트 M. 피어시그, 《선과 모터사이클 관리술》, 장경렬 옮김, 문학과지성사, 2010)

39. Peter Elbow, Writing with Power: Techniques for mastering the writing process

(Oxford University Press, 1998), p. 16. (피터 엘보, 《힘 있는 글쓰기》, 김우열 옮김, 토트, 2014)

40. Francesco D'Alessio, 'The science behind journaling: How the brain reacts', Th erachat, 28 December 2018. https://blog.therachat.io/science-of-journaling

41. 시편 6장 2-3절.

42. 시편 121장 1-2절.

43. 예컨대 2009년의 연구에 따르면 기도에는 '우울증과 불안증이 유의미하게 완화되고 일상적인 영적 경험과 낙관주의가 증가'하는 효과가 있었다. Peter A. Boelens, Roy R. Reeves, William H. Replogle & Harold G. Koenig, 'A randomized trial of the effect of prayer on depression and anxiety', International Journal of Psychiatry in Medicine 2009;39(4), 377-92, p. 377.

3부 더 멀리 나아가기

1. E.g. Audrey L. H. van der Meer & F. R. (Ruud) van der Weel, 'Only three fingers write, but the whole brain works: A high-density EEG study showing advantages of drawing over typing for learning', Frontiers in Psychology, 2017; 8 706. 연구 결과 손으로 그림을 그리면 타이핑을 할 때보다 뇌 내 네트워크가 더 폭넓게 활성화되었다.

2. Becky Hall, The Art of Enough: 7 ways to build a balanced life and a flourishing world (Practical Inspiration Publishing, 2021).

3. 픽사를 세운 에드 캣멀이 고안한 표현으로, 아이디어가 막 생겨난 초기 단계이자 숨겨진 가능성이 겉으로 드러나지 않고 남의 비판에 취약한 상태를 가리킨다. Ed Catmull, Creativity, Inc: Overcoming the unseen forces that stand in the way of true inspiration (Transworld, 2014). (에드 캣멀, 에이미 월러스, 《창의성을 지휘하라》, 윤태경 옮김, 와이즈베리, 2014)

4. Eric Ries, The Lean Startup: How today's entrepreneurs use continuous innovation to create radically successful businesses (Portfolio Penguin, 2011). (에릭 리스, 《린 스타트업》, 이창수, 송우일 옮김, 인사이트, 2012)

5. The Extraordinary Business Book Club podcast, Episode 98 (http://extraordinarybusinessbooks.com/episode-98-doughnut-economics-with-kate-

raworth/).

6.   John Medina, 'Brain rule rundown'. http://brainrules.net/vision

7.   Daniel Levitin, The Organized Mind: Thinking straight in the age of information overload (Penguin, 2015), p. 13. (대니얼 J. 레비틴, 《정리하는 뇌》, 김성훈 옮김, 와이즈베리, 2015)

8.   Mark Frauenfelder, 'David Ogilvy's 1982 memo "How to Write"', Boing Boing, 23 April 2015. https://boingboing.net/2015/04/23/david-ogilvys-1982-memo.html

9.   Peter Elbow, Writing with Power, 2nd edition (Oxford University Press, 1990), p. 14. (피터 엘보, 《힘 있는 글쓰기》, 김우열 옮김, 토트, 2014)

10. Julia Cameron, The Artist's Way: A course in discovering and recovering your creative self (Profile Books, 2020), p. 10. (줄리아 카메론, 《아티스트 웨이》, 임지호 옮김, 경당, 2012)

11. Douglas Adams, Mostly Harmless (Pan Macmillan, 2009), p. 138. (더글러스 애덤스, 《은하수를 여행하는 히치하이커를 위한 안내서》, 김선형 옮김, 책세상, 2005)

12. Donald Schon, Educating the Reflective Practitioner: Toward a new design for teaching and learning in the professions (Jossey-Bass, 1987), p. 42.

13. Gillie Bolton with Russell Delderfield, Reflective Practice: Writing and professional development, 5th edition (Sage, 2018), p. 14.

14. Giada DiStefano, Francesca Gino, Gary P. Pisano & Bradley Staats, 'Making experience count: The role of reflection in individual learning', Harvard Business School Working Paper, No. 14-093, March 2014.

일단 첫 마디

1.   알리사 바컨(Alisa Barcan)은 이를 두고 '어포메이션(afformation)'이라는 신조어를 만들어냈다. 긍정적 독백을 반복하는 대신 질문의 형식을 이용해서 뇌가 스스로 답을 찾도록 하는 것이다. 예) '나는 이 책을 쓰기에 적합한 사람이다' 대신 '나는 이 책을 쓰기에 적합한 사람인가?'라고 자문한다.

참고문헌

국내 출간

- 도날드 쇤, 《전문가의 조건》, 박영스토리, 2018.
- 대니얼 J. 레비틴, 《정리하는 뇌》, 와이즈베리, 2015.
- 대니얼 카너먼, 《생각에 관한 생각》, 김영사, 2018.
- 댄 로암, 《생각이 한눈에 정리되는 마법의 냅킨》, 21세기북스, 2010.
- 로버트 M. 피어시그, 《선과 모터사이클 관리술》, 문학과지성사, 2010.
- 미하이 칙센트미하이, 《몰입 Flow》, 한울림, 2004.
- BJ 포그, 《습관의 디테일》, 흐름출판, 2020.
- 스테판 길리건, 로버트 딜츠, 《영웅의 여정》, 한국코칭수퍼비전아카데미, 2020.
- 스티브 피터스, 《침프 패러독스》, 모멘텀, 2013.
- 애덤 그랜트, 《싱크 어게인》, 한국경제신문, 2021.
- 에드거 H. 샤인, 피터 샤인, 《리더의 질문법》, 심심, 2022.
- 엘리자베스 길버트, 《빅매직》, 민음사, 2017.
- 유발 하라리, 《사피엔스》, 김영사, 2017.
- 제임스 클리어, 《아주 작은 습관의 힘》, 비즈니스북스, 2019.
- 줄리아 갈렙, 《스카우트 마인드셋》, 와이즈베리, 2022.
- 줄리아 카메론, 《나를 치유하는 글쓰기》, 이다미디어, 2013.
- 줄리아 카메론, 《아티스트 웨이》, 경당, 2017.
- 칼 뉴포트, 《딥 워크》, 민음사, 2017.
- 캐럴 드웩, 《마인드셋》, 스몰빅라이프, 2023.
- 케이트 레이워스, 《도넛 경제학》, 학고재, 2018.
- 피터 엘보, 《힘 있는 글쓰기》, 토트, 2014.
- 피터 엘보, 《글쓰기를 배우지 않기》, 페르아미카실렌티아루네, 2024.

국내 미출간

Bolton, Gillie with Russell Delderfield, Reflective Practice, 5th edition (Sage, 2018).

Daisley, Bruce, Fortitude (Cornerstone Press, 2022).

Di Stefano, Giada, Francesca Gino, Gary P. Pisano & Bradley Staats, 'Making experience count', Harvard Business School Working Paper, No. 14-093, March 2014.

Dodge, Rachel, Annette Daly, Jan Huyton & Lalage Sanders, 'The challenge of defining wellbeing', International Journal of Wellbeing 2012;2(3), 222-35.

Hall, Becky, The Art of Enough (Practical Inspiration Publishing, 2021).

Harper, Faith G., Unf#ck Your Brain (Microcosm Publishing, 2017).

Janzer, Anne, The Writer's Process (Cuesta Park Consulting, 2016).

Kolb, David A., Experiential Learning (Prentice Hall, 1984).

Milne Rowe, Sara, The SHED Method (Michael Joseph, 2018).

Mohr, Tara, Playing Big (Hutchinson, 2014).

Pennebaker, James W. & Sandra K. Beall, 'Confronting a traumatic event', Journal of Abnormal Psychology 1986;95(3), 274-81.

Pennebaker, James W. & Joshua M. Smyth, Opening Up by Writing It Down (Guilford Press, 2016).

Peters, Steve, A Path Through the Jungle (Mindfield Media, 2021).

Progoff, Ira, At a Journal Workshop (Inner Workbooks series, Jeremy P. Tarcher, 1992).

Schon, Donald, Educating the Reflective Practitioner (Jossey-Bass, 1987).

Sheldon, Alice, Why Weren't We Taught This at School? (Practical Inspiration Publishing, 2021).

Tupper, Helen & Sarah Ellis, You Coach You (Penguin Business, 2022).

Rushdie, Salman, Imaginary Homelands (Granta, 1991).

Weick, Karl E., Sensemaking in Organizations (Sage, 1995).

내 안의 답을 찾아 종이 위로 꺼내는
탐험하는 글쓰기의 힘

쓸수록 선명해진다

초판 1쇄 인쇄 2024년 12월 26일
초판 1쇄 발행 2025년 1월 3일

지은이 앨리슨 존스
옮긴이 진정성

펴낸이 임경진, 권영선
편집 여인영, 김민진   **마케팅** 최지은, 배희주

펴낸곳 ㈜프런트페이지
출판등록 2022년 2월 3일 제2022-000020호
주소 경기도 파주시 회동길 37-20, 204호
전화 070-8666-6033(편집), 031-942-0203(영업)
팩스 070-7966-3022
메일 book@frontpage.co.kr

ISBN 979-11-93401-37-8(03800)

만든 사람들

편집 임경진   **교정교열** 시소교정실   **디자인** [★]규
제작 357제작소   **마케팅** 최지은, 배희주